蝗蟲一族

趣味昆蟲童話

張嘉驊⊙著
敖幼祥⊙圖

「波霸濟公」寫新童話（代序）

方衛平

在見到真的張嘉驊以前，我曾讀過他的少量作品。後來，收到嘉驊寄來他的新著童話集《怪物童話》（民生報社出版），我便有機會通過更多的作品來了解他。而且，借助書中「成長相本」欄中所收的十一張照片，我還見識了張嘉驊從小到大的模樣兒。雖然不能說這些相片上的張嘉驊是假張嘉驊，但見到相片上的張嘉驊和見到生活中真的張嘉驊肯定不是一回事兒。這一點我很清楚。

照片上的張嘉驊給我的印象絕對是一個嘻嘻哈哈的傢伙。特別是他扮「波霸」和扮濟公的兩幅照片，讓我疑心這傢伙會不會是濟公轉世了。等到我讀了書中附錄的林立耘小朋友的文章〈我們的超級「搞笑大王」〉和桂文亞小姐的文章〈詩人他樂透了〉，便斷定不管濟公有沒有轉世，張嘉驊肯定是個怪有趣的人物。

這一點，我當然也從有趣的《怪物童話》那裡找到了佐證。

一九九六年十二月，我去台北參加海峽兩岸少年小說研討會，見到了真的張嘉驊。那是到達台北第二天的上午，在聯合報系大樓的一個電梯門口，照片上的張嘉驊突然就出現在了我的面前。陪同我們的主人桂文亞小姐笑吟吟的介紹說，這是張嘉驊。我看見眼前一百八十公分高的張嘉驊，也笑吟吟的說，我已經認出來了。是的，真的張嘉驊跟照片上的張嘉驊長得一模一樣。

可是,乍一接觸,真的張嘉驊似乎完全不是我主觀想像中那個瘋瘋癲癲、嘻嘻哈哈、怪模怪樣、調皮搗蛋的大男孩。他氣質儒雅,舉止斯文,談吐不俗,渾身透著書卷味兒。

這是怎麼回事兒?我有些看不懂了。

我們在台灣的那些日子裡,嘉驊除了忙於會務和會上會下的發言討論外,還與其他主人們一起熱情的陪著我們逛書店、商場,參觀報社、出版社、故宮、美術館,遊覽陽明山,訪問台東師院……我們很快就熟悉了。我發現,嘉驊興趣廣泛、勤學多思、博聞強記。在誠品書店,在故宮展廳,在台北美術館,甚至在各種物品琳琅滿目的商場,嘉驊的見識和學養都使他成了一位十分稱職的「導遊」。

初次見面的拘束和矜持消除之後，真的張嘉驊很快就暴露了——或者說是恢復了他樂天風趣的本性。在後來那幾天裡，張嘉驊不時妙語如珠，有時還發展到與我們這些遠道來客鬥嘴打趣的「嚴重」程度！當然，他也有丟「面子」的時候。有一天下午，桂文亞小姐安排我們在一家英式茶館裡，與台北市的幾位青年童話作家聚談。大家約定每人說一則笑話。等到張嘉驊說完笑話，他自己捧腹大笑，大家卻面面相覷，不知道他為什麼在笑。過了七、八秒鐘，大家才一起大笑，笑張嘉驊那莫名其妙的大笑。

不過，這時候，我才漸漸發現自己對真的張嘉驊有了更完整的了解。我相信，幽默、儒雅、多思，都是張嘉驊天性和氣質構成中不可缺少的要素。

如今，我還發現，張嘉驊的童話，包括這本《蝗蟲一族——趣味昆蟲童話》，也散發著張嘉驊個性和氣質中那些富有魅力的氣息。

首先當然是趣味和幽默。

你讀讀〈蠹伯伯〉的開頭：「蠹魚，又名衣魚，由於愛吃書的緣故，所以也被叫做書蟲。蠹魚喜歡吃書，就好像米蟲喜歡吃米，他們通常躲在書櫃裡吃書，一待就是老半天。他們很少離開書本，除非是鬧肚子。」你再讀讀〈哇噻邦邦〉：「人類愛殺蟑螂，其實給蟑螂並沒有造成多大損失，因為蟑螂積累了幾百萬年的經驗，也想到用一個辦法對付人類，那就是：生，不斷的生；被打死一隻，就生兩隻，被打死兩隻，就生四隻。」這些敘述語句看似說明書，卻透著一股濃重的幽默意味，讀來真讓我笑痛肚皮。在敘述語言上，張嘉驊常常借助誇張、移植、仿

擬、反語、雙關、反覆、諧音、對比、矛盾法、詞義引申等多種手段來製造幽默效果。此外在人物塑造、情節構架等方面，他的童話也時常會有令你擋不住的趣味效果。

其次是儒雅的書卷氣。

張嘉驊的童話總是有一種文化和知識的底蘊，比如《怪物童話》中的許多怪物形象出自中國古代神話《山海經》，比如這本趣味昆蟲童話中，也時不時會有一些顯然是可靠的昆蟲方面的知識。在〈蟋蟀[illegible]（ㄑ一ㄡ）之歌〉這篇童話中，甚至赫然出現了一個古文字：[illegible]。這個怪字電腦字庫中沒有，一般詞典中也查不到。要命的是，我只學過漢語拼音，沒有學過注音符號，所以連這個字該怎麼念也不知道。作者在作品中告訴我們說，這個字的「意思是秋天，可字形刻畫的卻是一隻蟋蟀」。我本想再請教一位同事，是一位六十多歲專事古漢語、古文字研究的老教授，可不巧老先生外出了，我只好暫時作罷。雖然這是一個極端的例子，但張嘉驊童話中的知識內容所造成的特殊閱讀口味，卻是一般童話中不多見的。這自然是得益於作者自身的學識與涵養了。

最後是多思的品性。

張嘉驊是一位勤於思考的作家，他筆下的昆蟲童話都不僅僅只是一個童話故事。法國作家法布爾（1823-1915）曾寫下十大卷的《昆蟲記》。這十卷巨著也具有一定的文學色彩，但那基本上是為介紹、闡述昆蟲知識服務的，是更偏重於自然的科普類型的讀物。而張嘉驊筆下的昆蟲世界則更側重於社會人生、童話美學方面的思考和藝術發掘。例如〈哇噻邦邦〉對人性的叩問，〈十七年蟬空空〉對人類文明與大自然關

係的思考，〈布布放大屁〉對理解和寬容的呼喚，〈蝗蟲一族〉借一場思維遊戲對人類精神狀況的透視，如此等等，都是富於理趣和啟示力量的。

風趣、儒雅、多思，這就是張嘉驊其人其文留給我的主要印象。

（一九九七年四月一日於浙江師範大學兒童文學研究所）

目次

197 作家與作品

蠹伯伯

蠹魚，又名衣魚，由於愛吃書的緣故，所以也被叫做書蟲。蠹魚喜歡吃書，就好像米蟲喜歡吃米，他們通常躲在書櫃裡吃書，一待就是老半天。他們很少離開書本，除非是鬧肚子。

蠹魚會鬧肚子？聽到我這麼說，有人或許會覺得很驚訝，甚至認爲我在瞎扯。其實我才不！據我所知，在蠹魚的生活世界裡，就有一隻年長的蠹魚專門爲其他大小蠹魚治理胃腸的毛病。大家都很尊敬這隻老蠹魚，都稱呼他蠹伯伯。

一提起蠹伯伯，那可眞是無蠹不知、無蠹不曉。蠹伯伯吃書吃得多，見識廣，脾氣和藹，心地又善良，算得上是一隻老好蟲。他跟蠹魚大夥住在一座圖書館，也有好長一段時候了。

蠹伯伯吃書的確吃得很多，無論是文學、哲學、科學和其他方面的書，他都吃過。但是，蠹伯伯老來最喜歡吃的，則非古典線裝書莫屬。蠹伯伯曾說：「線裝書放的年代最久，紙張最舊，味道最棒，是一種最好吃的書。」他平常窩在圖書館的線裝書房裡，哪兒也不去。只要別的蠹魚一鬧肚子，到那兒去找，一定可以找得到他。

就有那麼一天下午，正當蠹伯伯把一本線裝書當點心吃的時候，一隻年輕的蠹魚小姐來找他。這隻蠹魚小姐辛苦的爬上書架，朝一排排線裝書喊著：「蠹伯伯在嗎？」

蠹伯伯從線裝書裡探出身子，說：「找我嗎？」

「嗯，」蠹魚小姐說：「我肚子不舒服，急著找您看看。」

「別急別急，」蠹伯伯慢條斯理的爬出線裝書，說：「我這

老子說
列子說
孟子說
莊子說
墨子說
荀子說
韓非子說

兒有個規定，那就是看病前得先禱告。」

「哦，看病前得先禱告啊？好吧，那就禱告吧！」

「請跟著我念。」蠹伯伯低下頭來，虔誠的禱告著：「感謝大多數人忙著賺錢、應酬，沒空上圖書館，把書留給蠹魚吃。感謝大多數人不重視文化財產，根本不想上圖書館，讓蠹魚可以好好吃書，吃一本是一本，不怕吃到一半，書被借走。更感謝圖書館的管理一團糟，使少數想借線裝書的人老借不到書，我這老頭才能把線裝書房當窩，有書就吃。阿門。」禱告完後，蠹伯伯抬起頭，問：「好了，可愛的蠹魚小姐，妳肚子有什麼問題？」

蠹魚小姐說：「我肚子很不對勁，感覺黏不拉搭的。」

「平常喜歡吃什麼樣的書？」

「我平常愛吃通俗文藝小說，愛吃得要命，甚至於肚子鬧問題之前還在吃一本《我倆只有今天》呢。說眞的，那眞是一本偉大的愛情小說！」

「講講看，這本小說怎樣偉大？」

「一對戀人認識了很久，」蠹魚小姐語調幽幽的描述起小說的內容：「卻得不到雙方家長的同意，而且也沒錢結婚。後來，男的犧牲學業，跑去夜市擺地攤，賺了一筆錢。當他們準備上法院公證結婚的前一天晚上，女的很高興，便叫了一碗魷魚羹來吃，沒想到吃著吃著，她竟噎死了。男的傷心透頂，爲了表示永遠懷念女的，於是發誓一輩子絕不吃魷魚羹。」蠹魚小姐流著眼淚鼻涕說：「蠹伯伯，您說，這樣偉大而悲慘的愛情故事怎能不教我感動呢？」

聽完這隻蠹魚小姐所說的故事，蠹伯伯差點就笑出來，但他忍著沒笑，只是溫和的勸說：「還是換換口味吧！這種愛情故事吃多了，胃腸遲早會出毛病的。」

「哦，難怪我會鬧肚子。蠹伯伯，請教您，我胃腸到底出了什麼毛病？」

「妳患了『軟調愛情故事急性指腸炎』，是吃了太多軟調故事的結果，需要吃一些內容比較充實的書來增加胃腸的功能。」

蠹伯伯一邊說，一邊順手開了一張書單遞給蠹魚小姐，「來，這本書叫做《如何品味眞正的愛情》，去找來吃，對妳一定有幫助。」

「我一定遵照您的指示去做！」蠹魚小姐擦乾眼淚和鼻涕，跟蠹伯伯再三道謝，就忙著去找書單上所列的書了。

蠹魚小姐走了之後，蠹伯伯慢慢爬回原先在吃的線裝書裡，一口一口扎實的啃著。他吃的是一本中國古代的神話書，書中充滿了奇奇怪怪的生物：有一個身體兩個頭的，有眼睛、嘴巴長在肚子上的，甚至還有一出現便教該地區發生瘟疫的……真是夠味極了！

蠹伯伯心裡想：要是那隻只愛吃通俗文藝小說的蠹魚小姐懂得吃這種線裝書，可不知該有多好。正當蠹伯伯這麼感慨的時候，有隻年輕的蠹魚先生來找蠹伯伯了。這隻蠹魚先生看起來很痛苦，他不等蠹伯伯帶他做完禱告，就一味嚷嚷：「不行了！我快不行了。我現在可不只肚子痛，連頭也開始痛起來。」

「有這樣嚴重嗎？」蠹伯伯關心地問。

「有，絕對有。打從半個多月前，我就一直在吃書，一天二十四小時不斷的吃。我立定志向，要當有史以來第一隻吃書吃最多的蠹魚，所以狠下心來吃書。到目前爲止，我已經吃了十幾本書，總共花了兩萬三千三百二十八分鐘。」蠹魚先生接著又說：「然而我實在撐不下去了。我的肚子又脹又痛，說也奇怪，一些肚子裝不了的書渣還跑到我的腦袋裡去，而且就卡在那裡。蠹伯伯，您快說這怎麼辦才好！」

蠹伯伯覺得很訝異，從沒有蠹魚像這樣二十四小時不斷的吃的。難道說這位蠹魚先生有什麼企圖嗎？蠹伯伯不禁瞄了蠹魚先

生一眼，懷疑的說：「小伙子，你這樣拚命吃書，是不是有什麼目的？是不是想拿我這老頭當箭靶子？是不是私底下想在最短時間內超過我的吃書量？」

蠹魚先生聽到蠹伯伯這麼說，一下子低了頭，不好意思的說：「哎呀！您心裡知道就不要講嘛，怪難爲情的。」

蠹伯伯哈哈大笑起來，說：「人們總是說狗膽最大，看來，你這蠹魚的膽不比狗的小。」蠹伯伯好不容易止住了笑，又說：「說眞的，我並不怕你書吃得比我多，要是有那麼一天，我還爲你高興呢！問題是：你這樣猛吃猛吃的，書都在肚子裡消化了嗎？講講看，你近來吃了些什麼書？」

「我吃了中國的《易經》，吃了柏拉圖的《理想國》，還吃了愛因斯坦的《相對論》——」

「夠了，夠了。」蠹伯伯連忙制止，說：「你講的每一本書，都夠我吃上一年兩年，還不見得消化。好，現在讓我來考考你：柏拉圖說了些什麼？《相對論》中，有一個公式是$E=mc^2$，那又代表什麼？」

「這個嘛……」蠹魚先生猶豫了一會兒，支支吾吾的說：「柏拉圖既然叫做柏拉圖，就應該是一張圖，是一張柏樹拉著柏樹的圖。至於$E=mc^2$嘛，是不是代表著一種促進蘋果樹發育的方法？」

聽了蠹魚先生的回答，蠹伯伯差點昏過去，他嘖嘖兩聲，

說：「天哪，這簡直是瞎猜！中國古代有個叫王安石的，也喜歡瞎猜。他說『坡』這個字的意思是『土之皮』，隨後有人問他，照他這麼講，『滑』這個字的意思不就是『水之骨』嘍？王安石半天答不上來，因爲沒有人見過水長骨頭的。說實在的，我覺得蠹魚先生你好像是王安石投胎來轉世的，瞎猜的毛病依然不改。」

蠹伯伯的一番教訓，說得年輕的蠹魚先生臉都紅了。要是書架上有個洞，我敢說，這隻蠹魚先生一定會鑽進洞裡躲起來。

蠹魚先生趕快轉移話題，說：「快別管柏拉圖是不是眞的一張圖啦，蠹伯伯，求求您，快點治治我的肚子痛和腦袋痛吧！我快受不了了！」

「瞧你一句話裡，共用到三個快字。」蠹伯伯搖搖頭，說：「你的問題就出在貪快圖快，所以吃書吃得凶，以至於造成嚴重的『消化不良症』，並引發『輕度腦性麻痺』。唉，這兩種毛病都無藥可醫——」

蠹魚先生一聽自己的病無藥可醫，搶過了蠹伯伯的話便大喊著：「完蛋了，我完蛋了，我就知道這輩子毀了！」

「我的話還沒說完咧，你緊張什麼？」

什麼，話還沒說完？蠹魚先生如同死裡逢生，馬上又從絕望裡透露出一點希望。他說：「蠹伯伯，求求您快點兒講！」

蠹伯伯賣了個關子：「又要求快了，我這回偏要慢慢來。」

蠹魚先生簡直快哭出眼淚。終於，他低下頭來說：「蠹伯

伯，我知道我不該求快，也不該貪多，這一切都是我不對。我知道我錯了！」

「嗯，」蠹伯伯露出一絲笑容，說：「知錯能改，善莫大焉，其實，我說你的病沒有藥可治，並不意味著不能治。你回去後，先忍著痛，什麼書也別吃，什麼事也別去想，平心靜氣休息個一、兩天，等肚子和腦袋裡的書渣自然排泄掉就好了。」

「哇，就這麼簡單呀？」蠹魚先生驚訝的問。

「看似簡單，其實並不簡單。讓我告訴你一個道理吧：凡事都得留個能夠消化的空間，不要硬幹瞎幹！」蠹伯伯說，「而且請你記住，要吃書，就得一步一步的慢慢來，只問扎實的程度如何，不能光求目的而忘了循序漸進的原則。懂了嗎？」

「懂了。我這就回去好好休息，不再胡亂吃書了。蠹伯伯，謝謝您。」蠹魚先生朝蠹伯伯深深的鞠了個躬，告別而去。

蠹伯伯望著年輕蠹魚離去的身影，心裡有些感觸。吃書是件愉快的事，可總有些蠹魚會吃出問題來。說眞的，這一切問題都出在吃的書是不是好書、適不適合吃那樣的書以及吃法對不對而已。只要這三個原則能夠把握，一本書吃了，保證對身體有幫助。蠹伯伯這麼認爲。

連續看了兩隻病蟲，蠹伯伯也累了。他趴了下來，準備好好睡個覺再說。

不過，蠹伯伯是沒有好覺可以睡的，因爲過沒兩分鐘，又有一隻蠹魚太太帶著她的孩子來找蠹伯伯看病。

小蠹魚的裝扮很奇特，蠹伯伯不免打量了一下。只見這隻小蠹魚頭蒙著一條眼罩，手裡還拿著一把用竹籤做成的雙節棍，一副神情茫茫的，像著了魔似的。蠹伯伯好奇的問著蠹魚太太：「你的孩子怎麼了？」

蠹魚太太嘆了口氣，說：「我的孩子變樣了。他早先很乖，一直認真的吃著書。大約兩、三個小時前吧，他吃書吃得昏過去，醒來後就重複說著他是忍者龜，要打擊壞蛋。我說：『孩子，別傻了，你是蠹魚，不是什麼龜不龜的。』他不但不聽，還把自己打扮成現在這副模樣，說要去找壞蛋。蠹伯伯，沒辦法，我只好帶他來這裡給您瞧一瞧！」

可真是個奇怪的病例呢！蠹伯伯照老規矩先做了一下禱告，

然後問小蠹魚：「小朋友，你的肚子痛不痛？」

小蠹魚喃喃的說：「我不是小朋友，我是忍者龜。我的肚子不痛，但是我會用雙節棍打得壞蛋肚子痛。」

蠹魚太太說得一點兒也沒錯，小蠹魚果然有問題，而且還有點暴力傾向。蠹伯伯問蠹魚太太：「他平常喜歡吃什麼書？」

「還不是小孩子最愛吃的漫畫書。」

「嗯，」蠹伯伯若有所悟的點點頭，說：「這就對了！」

「蠹伯伯，您想到什麼？能不能告訴我？」蠹魚太太問。

「這孩子吃漫畫書吃出毛病了。不過，他的毛病出在腦子，並不出在肚子。小孩胃腸吸收能力好，容易消化，至於腦袋的機能，卻是脆弱了些。他患的是『忍者龜幻想症』，總以爲自己是

忍者龜。」

「那怎麼辦？」蠹魚太太著急起來，「我們總不能讓他這樣當忍者龜，一直當下去呀！」

「別慌，別慌，我來想辦法治治他。」蠹伯伯轉而對小蠹魚說：「我們來玩個遊戲，來當蠹魚，不當忍者龜，好嗎？」

「不行，」小蠹魚有點兒生氣的說：「我是忍者龜，就是忍者龜。咦，你是不是我一直在找的壞蛋？要不然，你爲什麼要誘拐我當蠹魚？」說完便擺出架式，一副想單挑的樣子。

事情麻煩了。照這樣發展下去，很可能會幹一架。蠹伯伯靈機一動，忙說：「我不是壞蛋，我是你師父。」

小蠹魚愣了一下，說：「想冒充我師父？是不是我師父，等我試試看就知道。」接著，他舞起雙節棍，一個箭步就朝蠹伯伯打過去。

該發生的事總會發生。幸虧蠹伯伯以前吃過一些武術的書，臨時想到，就使了一招「水底游龍」，從小蠹魚的雙節棍底下鑽過去。小蠹魚一個橫掃，耍了一招「忍者秘拳」，對準蠹伯伯的頭打。「喝，好傢伙！」蠹伯伯大喊一聲，以一招「天山雪花飄」把小蠹魚的拳招化掉。

蠹魚太太在一旁看見這情況，整個傻住了。一下子清醒過來，她連忙勸阻小蠹魚，說：「孩子，別打了。你若把蠹伯伯打壞了，媽媽可賠不起的。」

小蠹魚心底只想證明眼前的老蠹魚是不是他師父，根本沒把

媽媽的話聽在耳裡。他說：「老頭，吃我的雙節棍！」咻咻兩下子，劈了下去。

嗯，是個好機會，蠹伯伯心想。他使出一招「猴子摘仙桃」，把小蠹魚手中的雙節棍摘了下來。然後，蠹伯伯用擒拿術擒住小蠹魚，教小蠹魚動彈不得。就這麼，一場東洋與中國的「武術之戰」結束了。

小蠹魚「噗通」一聲跪倒在地，說：「您果然是我的師父，請受弟子忍者龜一拜。」

蠹伯伯順水推舟，索性就當起小蠹魚的師父。蠹伯伯說：「我既然是你師父，我說什麼，你都得聽進心裡，是不是？」

「師父說得沒錯。」

「好，」蠹伯伯說：「那從現在起，你改名叫做忍者蠹，不叫忍者龜。你要搞清楚，你是一隻蠹魚，而不是一隻烏龜。」

「弟子遵命。」小蠹魚恭敬的說：「弟子忍者蠹想求師父做一件事。」

「什麼事，說！」

「弟子功夫不好，想請師父傳授武功。」

傳授武功？蠹伯伯險些笑出來，心想：我不過是個糟老頭而已，只會整天吃書罷了，哪有什麼武功可以傳授給別的蠹魚？但是話說回來，小蠹魚的提議似乎也不錯。總該有什麼東西可以傳授給其他蠹魚吧！蠹伯伯心想，自己吃書也吃了老半輩子了，不妨就傳授吃書的經驗和方法。再說，只要把正確的吃書方式教給

小蠹魚，他也不會再去幻想自己是什麼龜不龜了。於是，蠹伯伯下定決心，說：「好，我傳給你一門功夫，叫做『吃書妙功』。」

小蠹魚喜出望外，又是一拜，說：「多謝師父。」

蠹伯伯說：「別忙著謝，你還有工作要做呢！」

「請師父交代。」

「我的『吃書妙功』不想獨傳一隻蠹魚，所以你去通知大夥兒，說蠹伯伯這裡開了一家『蠹伯伯武術館』，專門教吃書方法，要大家來上課。上課時間是星期三和星期五的晚上，圖書館關閉以後。聽清楚了嗎？」

「聽清楚了。」小蠹魚說。

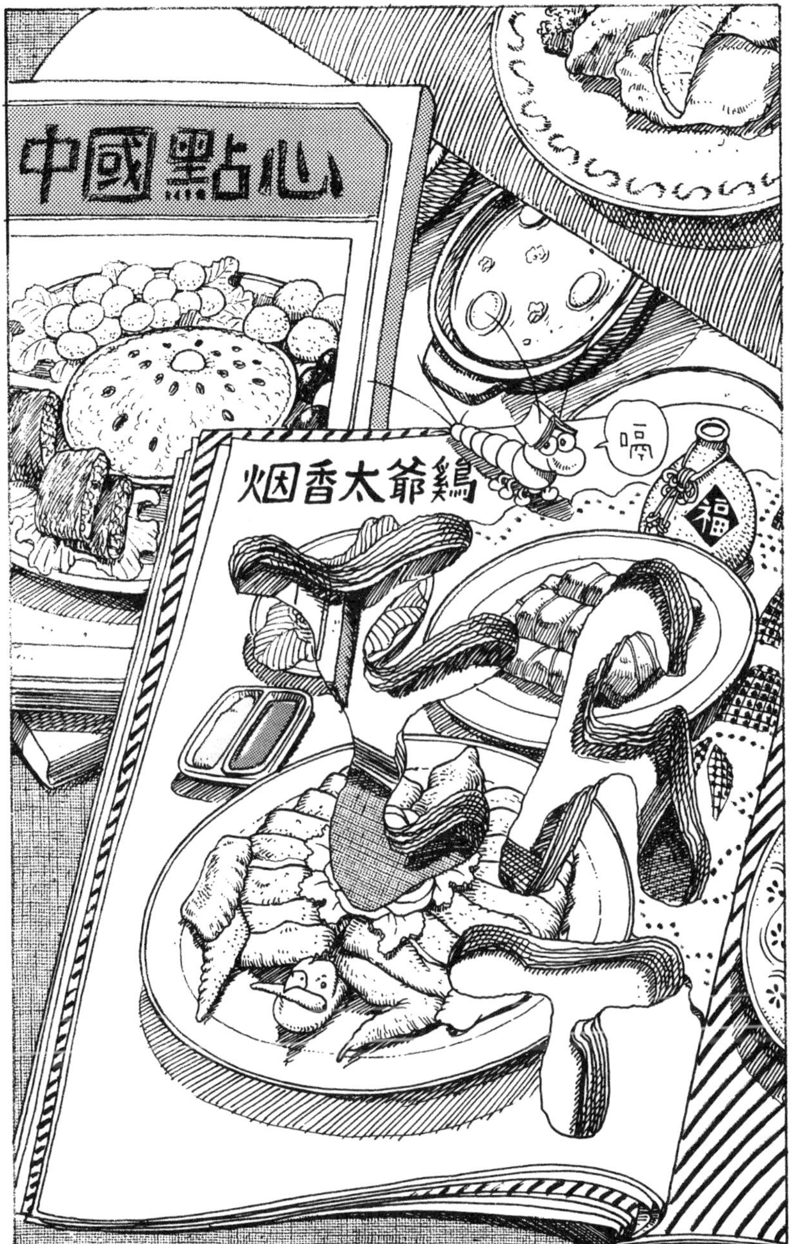
中國點心
烟香太爺鷄
哼
福

這時，蠹魚太太插了一句話：「蠹伯伯，我能不能也來上課？」

「當然可以呀！」蠹伯伯答說。

「太棒了！」蠹魚太太高興得要命，「我要趕快回去通知其他蠹魚太太。」說著說著，就連忙拉著小蠹魚，向蠹伯伯道謝，回家去通報了。

消息一傳開來，沒多久，蠹伯伯所住的線裝書房果然成了一個專門教蠹魚練「吃書妙功」的地方。在這裡，蠹伯伯把自己的經驗一一傳給了大小蠹魚，並爲大家解決吃書時發生的疑難雜症。說也奇怪，蠹魚鬧肚子的現象竟從此減少許多，可見蠹伯伯傳授的功夫還是頂管用的。

就這樣，人們有圖書館，圖書館裡的蠹魚也有自己的武術館。人們的圖書館門可羅雀，蠹魚的武術館卻是熱鬧非常。蠹魚自從學了蠹伯伯的「吃書妙功」，懂了吃書得消化的道理，所以定期舉辦「吃書研討會」，彼此交換吃書心得；而且，他們吃書還吃得更起勁呢！

蠹伯伯心裡盤算著，照這樣吃下去，這座圖書館的書遲早有一天會被吃光。不過，他並不著急，因爲到時候他們可以搬到另一座圖書館去住。「反正人們不愛上圖書館讀書嘛！圖書館的書不留給蠹魚吃，又會留給誰呢？」蠹伯伯想到這些，便心滿意足的笑起來了。

哇

噻邦邦

蟑螂，又叫做「蜚蠊」，是昆蟲的一種，有副很古老的樣子，經常引起女人尖叫、跺腳，或是被追殺。

據說，蟑螂在地球上已有三億五千萬年的歷史，但不被人喜歡卻是鐵錚錚的事實。人們很討厭蟑螂，討厭到了極點，總無法像愛貓兒狗兒那樣的愛蟑螂——腦筋有問題的人則可能例外。面對人類無情的殺害，蟑螂似乎早已習慣。人類愛殺蟑螂，其實對蟑螂並沒造成多大損失，因爲蟑螂積累了幾百萬年的經驗，也想到用一個辦法對付人類，那就是：生，不斷的生；被打死一隻，就生兩隻，被打死兩隻，就生四隻。

蟑螂的繁殖能力的確驚人，看看人們住的地方，就知道「天涯何處無芳草」這句話應該改寫成「天涯何處無蟑螂」。人類的

生活領域裡，不論家庭、餐館、書店，或是其他地方，一定都有蟑螂，甚至連莊嚴神聖的立法院也有——不過請你別緊張，立法院裡的蟑螂並不會公然打架，不會影響議事正常的運作。

說實在的，蟑螂與人類關係密切，但對人類政治一點兒也沒興趣，他們通常關心的是：逃命以及如何才能蓋一座現代化的婦產科醫院。蟑螂有蟑螂自己的生活，也有蟑螂自己要操心的事。如果有哪隻蟑螂說要出來參加總統競選，哈哈，其他蟑螂不笑斷脖子才怪！

好了，既然提到蟑螂的生活，我們不妨就來講一個蟑螂的故事，順便對蟑螂的生活做一次小小的探討吧。

這個故事的主角是隻小蟑螂，名字叫做邦邦，他和他的家族住在偏遠郊區的一棟老式公寓裡。邦邦年紀小，腦袋瓜兒尚在發育當中，所以遇到什麼事情都覺得很新鮮。他的一句有名的口頭禪是：「哇噻，怎麼會這樣？」久而久之，大家也都喊他叫做「哇噻邦邦」，意思就跟「好奇寶寶」差不多。

故事開始是很不幸的，因爲邦邦一位大表哥出去吃晚飯時，不小心被人踩死了。消息傳來，大家只說了句「好可惜」，便都不再感到悲傷。這種情形很令邦邦吃驚，邦邦說：「哇噻，怎麼會這樣？」

「傻孩子，」邦邦的媽媽說：「只不過死掉一隻蟑螂而已。你阿姨很能生小孩，過沒多久便會生十幾隻補回來的，你不要這麼大驚小怪，好嗎？」

「哇塞，這麼說，」邦邦說：「媽，我要是出去玩被人打死了，你也會生很多弟弟補回來嘍？」

媽媽沒有理睬邦邦，她正在用心做一道「臭酸水果沙拉」。邦邦淨問些蠢問題，不理他反而落得耳根清靜一點。「孩子，別在這裡煩我了，」媽媽對邦邦說：「跟你爸爸去找些剩飯剩菜吧。明天晚上有位城裡的親戚，也就是你叔公的媳婦，要來我們家拜訪。人家是第一次來玩，可不要怠慢人家。」

邦邦聽話的跟著爸爸去找食物，而住在公寓其他樓層的兄弟姐妹也跟著一起去。說真的，邦邦滿喜歡這種全家性的團體行動，因爲他可以藉機會認識一些還沒認識的兄弟姐妹。在邦邦的家族裡，不只邦邦的阿姨很會生，邦邦的媽媽也很會生。邦邦的兄弟姐妹多得數不清，幾乎得編號才行，不過，他們平常住在公寓的其他樓層，只有在像這樣特別的時候才會回老家。

一路上，邦邦認識許多兄弟姐妹，有玄玄、翰翰、瑩瑩、書書、橘橘和元元等。到了巷子之後，邦邦爬進一個垃圾桶裡，努力地找著食物。他發現身邊有位姐姐似乎曾經見過一面，於是高興的說：「妳一定是珍珍姐姐！」

「你認錯了，我是娟娟。」

「可是妳怎麼跟珍珍姐姐長得那樣像？」

「廢話，」娟娟說：「我跟珍珍是雙胞胎，當然長得像。」

說完便忙著幹自己的活兒，不再理會這個出了名的哇噻弟弟。

「哇噻，怎麼會這樣？」邦邦愣頭愣腦的想。他從來沒聽說

過蟑螂也有雙胞胎，尤其是自己的姐姐。別管那麼多了，邦邦對自己說，找到食物回家交差才是正經事！他很勤快的找著，終於在垃圾桶底下找到一小塊煎焦的牛肉。邦邦小心翼翼的把那一小塊牛肉搬回家去，並且得到媽媽的誇獎。對蟑螂而言，牛肉可是招待貴賓的上等食品呢！

邦邦的爸爸和其他兄弟姐妹也都找到食物回家了。一切安排妥當，就等著城裡的親戚來拜訪。

隔天傍晚，邦邦的爸爸把所有的孩子叫來，嚴肅的對他們說：「我們蟑螂多，親戚關係複雜，這位即將來拜訪的叔公的媳婦，我也搞不清楚你們該如何稱呼。就叫她嬸字輩的嬸，大概錯不了。這位嬸字輩的嬸一向住在城裡，生活水準高，不比我們住在偏遠郊區的蟑螂。爸爸很希望你們規矩點，沒有我允許，不准亂開口，以免惹出笑話，教人家看扁了，知道嗎？」

「知道了。」所有孩子齊聲答道。邦邦也跟著喊，可是他不知道哪根神經出了差錯，忽然補上一句：「爸，你別擔心，其實我們不怕人家看扁，因爲我們蟑螂的身體本來就扁。」

爸爸嘆了一口氣，說：「別的孩子我不擔心，我擔心的倒是你。邦邦，你不要老是說些蠢話，好不好？我說被人家看扁，意思是被人家瞧不起，這和我們身體扁不扁根本沒關係，懂了嗎？」

「哦，我懂了。」邦邦說。但他還是不由己的提出一個疑問：「這麼說，我們講人家矮冬瓜，也不表示人家眞的是一種瓜

嘍？」

爸爸聽了差點昏過去。他心想，這孩子明明是隻蟑螂，爲什麼腦筋會生得跟漿糊一樣？想著想著，爸爸動了氣，氣得臉兒開始腫起來。

看見爸爸的臉兒產生變化，邦邦心裡暗暗喊了一句：「哇塞，怎麼會這樣？」但他不敢說出口，因爲他怕爸爸聽了，爸爸的臉兒會腫得更厲害。

邦邦的媽媽跑過來勸說：「孩子的爸，你就別火了！把臉兒氣得太腫，待會兒人家來，那多不好看哪！」

媽媽的話沒錯，邦邦的爸爸可不想把自己的臉兒氣得跟西瓜一樣大，於是他平靜下來，不再生氣。他只是私下期盼著，待會兒別出什麼差錯才好！

邦邦的嬸字輩的嬸是隻嬌小又愛體面的蟑螂。她在城裡花了一個下午打扮自己，又覺得自己的身份高貴，不屑用翅膀飛，所以是「搭」著計程車來到邦邦家的。邦邦的爸爸一見貴賓駕到，教孩子們兩路排列整齊，向這位嬸字輩的嬸問好。

「嬸字輩的嬸，歡迎光臨！」所有的孩子大聲喊道。

「喲，瞧你們這些孩子多可愛呀，比餐廳的小弟還有禮貌！」嬸字輩的嬸高興的扭了扭頭，說：「咱們城裡有句話說：『狗嘴裡吐不出象牙』，你們這些小蟑螂淨說些甜言蜜語，也真吐不出象牙呢！」

這位嬸字輩的嬸不但舉止奇怪，連講話也怪，好像還用錯成

語，不過邦邦的爸爸聽了仍然覺得很光彩。人家畢竟是城裡來的蟑螂，總會有一些地方跟鄉巴佬不一樣嘛。爸爸很高興很客氣的請這位蟠字輩的蟠坐下，然後叫邦邦的媽媽把晚餐端上來。

偏不湊巧，這時傳來一個不幸的消息：邦邦的兩位堂哥出去散步時，被人用「剋蟑」剋死了。

「喲，瞧你們這兒的人類多猖狂呀！」蟠字輩的蟠扭了扭頭，說：「在咱們城裡，房子大，死角多，蟑螂做啥事都不容易被發現。何況，城裡的人整天光顧著賺錢、應酬，根本沒空殺蟑螂，哪像你們這兒喲！」

爸爸的光彩全沒了，一下子覺得很沒面子。爸爸之所以覺得沒面子，並不是因爲死了兩隻蟑螂，而是因爲這位蟠字輩的蟠老愛提起城裡怎樣怎樣。爸爸說：「您說得是，您說得是，我們這裡的確不能跟您住的地方比。」

「還說呢，咱們城裡可好玩得很！」嬸字輩的嬸說：「要吃飯，有飯館；要旅行，有旅社；要看電影，不用買票就可以進電影院。有些年輕小伙子，每晚還準時溜去舞廳，在天花板上大跳『踢死狗』呢！」

邦邦的爸爸沒話說，只是低著頭陪笑。

嬸字輩的嬸越說越興奮，扭頭扭得更起勁，又說：「想我年輕時呀，就是在一家夜總會認識我那心愛的。說眞的，那晚的燭光和音樂好美好美，可把我迷慘了。」

嬸字輩的嬸這番話讓邦邦的爸爸想起自己是在臭水管裡認識

邦邦的媽媽，不免覺得自己矮了半截，比不上人家。他尷尬的笑著說：「吃飯時再聊吧。我們給您準備了些好菜，您不妨就嘗嘗看。」

邦邦的媽媽把第一道菜端了上來，是她用心做的拿手好菜：「臭酸水果沙拉」。沒想到，蟠字輩的蟠一見到這道菜，險些吐出來，說：「喲，這是什麼好菜呀？這種東西能吃嗎？」

媽媽臉紅了，連忙道歉賠禮：「對不起，對不起。要是這道菜不合您的胃口，我再去拿另外一道。」說完就去廚房，把邦邦找到的那一小塊牛肉端出來。這位蟠字輩的蟠還眞挑嘴，碰都沒碰牛肉，就扭扭頭，說：「這塊牛肉煎得太焦了，咱們城裡的蟑螂只吃七分熟的牛肉。」

在一旁瞧著的邦邦為了不惹爸爸生氣，一直憋著不敢開口。可是當他聽見嬸字輩的嬸這麼說，終於憋不住氣，脫口便喊：「哇塞，怎麼會這樣？」

嬸字輩的嬸聽到邦邦的話，起先一愣，後來睜大眼睛瞧著邦邦，說：「不然要怎樣？咱們城裡一向就是這樣！」

哇塞邦邦說：「可是那道沙拉是我媽做的，那塊牛肉是我辛辛苦苦找到的吔！」

嬸字輩的嬸扭了扭頭，說：「是你媽做的、是你找到的，那又怎麼樣？咱們品味不會因你媽或是你而改變。」她轉頭對邦邦的爸爸說：「咱們城裡有句話說：『擒賊先擒王』，讓咱們問一句話：他是你的兒子嗎？」

邦邦的爸爸方才聽見邦邦開口說話，心裡便直喊完蛋，一時緊張得不知怎麼辦才好。他趕快哈腰鞠躬，對嬸字輩的嬸說：「正是小兒邦邦。邦邦不會說話，還望您多包涵、多包涵。」

嬸字輩的嬸並不理會邦邦的爸爸道歉，她用力地扭扭頭，對邦邦說：「城裡有句話說得好：『見人說人話，見鬼說鬼話』。你這隻小蟑螂見了咱們這隻大蟑螂，卻不說蟑螂話。小傢伙，你的腦袋有沒有問題呀？只可惜咱們蟑螂沒有一家自己開的醫院，要不然就送你去檢查檢查，看看你的腦袋是不是裝著豆花？」

嬸字輩的嬸這些話可真狠，不要說其他小蟑螂聽了多不高興，就連最有「禮貌」的邦邦的爸爸聽了，也渾身不舒服。爸爸心裡想，邦邦雖然有點「阿達阿達」，可總歸是自己生的孩子，要教訓也只有他才夠分量，怎能夠讓人家享有這種「權利」？

　　嬸字輩的嬸得「理」不饒蟑螂，繼續說道：「你們這裡眞沒水準，跟城裡比起來，可眞是差得一萬八千里喲！」她一邊說還一邊扭著頭，看樣子非得把頭扭斷，否則不會停止。

　　嬸字輩的嬸千不該萬不該說這句話，因爲這句話刺傷了邦邦的爸爸的心，他只覺得好不是滋味！爸爸想，或許孩子們聽過他先前的交代，敢怒不敢言，可他是家裡蟑螂最大隻的，不說點話怎麼行？於是，爸爸鼓起勇氣說：「請您別把頭扭來扭去的，好嗎？那教我看了，總感覺很不對勁兒！」

　　哇噻邦邦壯著膽量又補上一句：「是啊，嬸字輩的嬸，打從進了我家，妳的頭就不停的在扭。妳要是把頭扭斷了，我們還得

去找強力膠把它黏上，那很麻煩的吔！」

嬸字輩的嬸聽了，哈哈大笑三聲，然後用一種怪裡怪氣的語調說：「說你們沒水準，還眞的沒水準。讓咱們教教你們吧：在城裡，扭頭代表著身分的高低；頭扭得越厲害的蟑螂，就代表他的身分越高貴。連這點常識都不懂，以後你們進城裡，豈不是會鬧笑話？」

「哇塞，」邦邦說：「那妳一定最高貴了，因爲妳的頭扭得最厲害！」

「這還用說嗎？」嬸字輩的嬸驕傲的把她的頭扭到後面，又扭回來，整顆頭簡直就像摩天輪在轉一樣。

邦邦的爸爸再也忍不住，他的臉兒一下子腫起來。

消火
消火
紅燒牛肉
保存期限
1970·7·15·

邦邦的媽媽匆忙的跑來，附在邦邦的爸爸耳邊，說：「孩子的爸，你的臉兒怎麼腫了？」

爸爸陰陰的說：「別管我，我在生氣。」

爸爸生氣了！所有孩子發現爸爸的臉兒開始發腫，都乖乖的站在一邊，就連邦邦也是一樣。倒是蟠字輩的蟠看到這情況，覺得又好笑又好玩，她說：「喲，還沒見過臉兒會腫的蟑螂，今天晚上，你可讓咱們開了眼界！」

爸爸的臉腫得和葡萄一樣大。他對這位城裡來的親戚說：「待會兒還有讓您大開眼界的事情會發生。」

蟠字輩的蟠扭著頭，好奇的問：「是不是有啥好菜還沒上桌？真是的，咱們光顧著說話，都忘了吃飯。」

爸爸說：「今天晚上不請客了，臭酸水果沙拉和牛肉留著我們自個兒用，我說嬸字輩的嬸，您既然那麼喜歡城裡，又那麼挑嘴，我看我早點送您回城裡去，好嗎？」

嬸字輩的嬸說：「這樣也好！反正咱們已經倒足胃口了。」緊接著，她又說：「咦，你剛剛說要送咱們回城裡去，難道你們偏遠郊區這兒有計程車可以搭？」

「不必搭計程車了。」爸爸腫著葡萄大的臉兒，說：「我自然有辦法送您走。」

「哦，你有辦法呀？」嬸字輩的嬸不免問道。

「我的辦法，您馬上就知道。能不能請您先站在門口，把門打開？」

這傢伙的葫蘆裡到底在賣什麼藥？蟠字輩的蟠懷著一肚子問號，想瞧瞧邦邦的爸爸是怎麼個送法。她依照指示，站在門口，然後把門打開。

「能不能再請您挪一下角度，朝著城裡的方向彎下腰來。」爸爸又說。

說也奇怪，蟠字輩的蟠還眞照著話做。

「請您準備好，因爲您馬上就要有一次『愉快』的旅行。」

爸爸說完話，倒吸了一口氣，伸出腿來，活動活動，然後使出平生從未有過的力氣，朝這位蟠字輩的蟠的屁股踢過去。爸爸踢時還說了一句：「去你哪門子城裡的親戚！」

哇！邦邦的爸爸確實使足了力，只聽到蟠字輩的蟠叫了聲：

「哎喲，我的媽呀！」便直往天空衝，像火箭一樣飛騰起來。爸爸的話果然沒說錯，蟠字輩的蟠眞的不必搭計程車，就被「送」回她時常掛在嘴上的城裡去了！

所有的孩子看到爸爸這種「偉大」的舉動，全都嚇呆了。爸爸的臉兒逐漸消下去，他說：「孩子，大家來用餐吧。難得聚在一塊兒，大家都別客氣。今晚的菜色很豐富，也是你們自己找到的食物，爸爸相信你們不會像這位什麼蟠的那樣挑三挑四。孩子們，都來吧！」

所有的孩子還是不敢動。他們被嚇得一愣一愣的，心裡只覺得高興又覺得不可思議。就在這時候，小蟑螂邦邦說了一句讓大家一輩子第一次最有同感的話。這句話不會是別的話，對了，正

是：「哇塞，怎麼會這樣？」

十

七年蟬空空

世界上有一種蟬，叫做「十七年蟬」。他們的幼年期都是睡在地底下的，而且一睡就是十七年——比豬還會睡，可不是嗎？

十七年蟬睡足十七年，便從泥土裡鑽出來，變爲成年蟬。他們會清清喉嚨，到處唱情歌追求女朋友，直到女朋友答應嫁給他們，爲他們生小孩，他們才肯停止歌唱。

十七年蟬長大唱情歌所需的力氣，全是在幼年期睡覺時培養出來的，因此，他們很注重發育期間的睡眠。以下我們要講的，正是一隻十七年蟬睡覺的故事。愛睡覺的、或是愛吵人家睡覺的小朋友，不妨都來聽聽看。

故事裡的這隻十七年蟬，名叫空空。他出生在一座湖邊的森林，剛生下時被裹在一個長有眼點的卵。

知了。
達摩面壁專用
第九年
少林寺

時間分分秒秒的過去，卵漸漸孵化，有一天，空空聽到爸爸媽媽在卵的外邊喊道：「孩子，快出來吧！別在卵裡尿床了。」聽到這些話，空空有點生氣，馬上掙脫了卵，蛻去外皮，說：「爸，媽，我們蟬兒從來不會尿床，你們明明知道的嘛！」

爸媽笑著說，那是哄空空玩的。他們之所以把他喊出來，真正的原因是，爸媽生下了空空，一生使命業已完成，年壽也將終了。「下一站，我們就要到天國去玩。」爸媽對空空說，「臨行之前，我們想跟你說拜拜，還想告訴你，十七年的覺可得好好的睡喔！」

怎麼，才見一次面，就要去天國報到？空空聽到這個消息，起初很傷心，後來一想，便沒有那麼難過了。反正，誰都有機會到天國去玩，只是遲早而已，不是嗎？

和爸媽道別後，空空開始打哈欠了。是得好好睡個十七年的覺！於是空空找了一塊聞起來味道很不錯的泥土，鑽進裡面，合上了眼。他得跟這個世界暫時告別，因爲要過了十七年，他才會醒來。

不到一會兒工夫，空空睡著了。

在地底下，空空做著老長的夢。他夢見一直在健身房鍛鍊身體，培養體力。他夢見爸媽寄了一張照片來，那是他們在天國和上帝所拍的合照。他還夢見自己報名參加了歌唱訓練班，不時的在練習歌唱。時間之河緩緩的流著，夢像布帛一樣長長的延展

……

不知睡了多久，忽然，「喀嚓」一聲，空空那長長的夢一下子被剪斷了。

空空兩眼一睜，醒了過來。「哇，十七年過得這麼快呀？」他說。他只覺得全身乏力，好睏，好想再睡。

空空有一種特殊的心算能力，馬上就算出自己睡了多久。答案是：六年三個月零八天又十一時三十七分二十三秒。

空空嚇了一跳。怎麼？才睡了六年多，爲什麼就醒過來了？十七年蟬不是應該睡足十七年的嗎？難道說，自己是一種突變的品種？

正當空空左思右想想不通，只聽到地面飛過一陣吵雜的聲音，直傳到地底。空空明白了，原來，他在睡夢中被人家吵醒了。

好傢伙，竟敢危害公共安寧！空空嘟著嘴，生氣的鑽出泥土，看看是誰在搞鬼？還沒站穩，就碰到一隻蜻蜓載著幾隻螞蟻從頭頂飛過，速度之快，簡直無法形容。蜻蜓的「機翼」快速的拍著，咻咻咻的吵雜聲，嚇得空空趴在地面，動也不敢動。

「什麼怪物嘛！」空空抱怨著，趴了好久才站起來。他連忙爬到距離最近的一棵樹上，向遠方張望。他的眼力很好，一眼望過去就瞧見湖邊一家新開的「蜻蜓航空公司」。「蜻蜓班機」都從那個地方出發，飛往各地。

「太過分了！」空空說：「要做生意，也不能妨礙人家睡覺呀！」他爬下樹來，找了一片葉子，清理清理，做成了一支牌

子，在牌子上寫著兩個石子般大的字：「抗議」，然後舉起牌子，怒氣沖沖的朝航空公司走去。

空空打算告訴那些傢伙，睡眠對十七年蟬是很重要的。要是沒睡夠十七年，他就不能發育完全；發育不全，他就沒力氣唱歌；沒力氣唱歌，他就追不到女朋友；追不到女朋友，他就無法結婚生小孩；無法結婚生小孩，他活著就沒意思，而且也對不起正在天國的爸媽。到時候，「蜻蜓航空公司」要為這種後果負完全的責任！

空空決定跟那些傢伙理論，把道理告訴他們。

「蜻蜓航空公司」開設並不久，可公司很大，組織也很複雜。空空走進航空公司，找到櫃台服務員，當著面把心裡的話說出來。櫃台服務員是隻小瓢蟲，聽完空空的話，對空空說：「這些話，請你告訴我們科長。」科長是隻蟋蟀，聽完空空的話，對空空說：「這些話，請你告訴我們主任。」主任是隻螳螂，聽完空空的話，對空空說：「這些話，請你告訴我們副理。」副理帶空空去找經理，經理又帶空空去找董事長。

這樣七轉八轉，空空只覺得腦袋真的要「空空」了。他口渴得要命。

董事長是隻天牛，高大威武。他聽著空空上氣不接下氣的講完話，抽了一口菸，然後說：「你的事，我們很抱歉。不過，我們班機的航線早已確定，無法改變。我只能勸你早點兒搬家，不要住在我們的班機航線底下。」

這是什麼話？好氣呢！空空一陣暈眩，體內血液直往上衝。費了好多工夫說同樣的話，竟是得到這樣的回答。

不等空空反應，天牛董事長立刻按鈴叫警衛金龜子來把空空帶出去。

空空徘徊在航空公司門口，一時不知如何是好。他的抗議無效，問題沒有解決，看來只能屈服在航空公司的淫威之下，找地方搬家了。正當空空煩惱得不得了，驀然他發現出入機場的，絕大部分是螞蟻——螞蟻天生愛工作，經常得搭班機到處去工作。

一隻螞蟻對身邊另外一隻螞蟻說道：「我實在受不了蜻蜓班機的速度，太快了，每次搭飛機，我都怕半路掉下來。」另一隻螞蟻點點頭，也說：「是啊。而且，蜻蜓班機的機翼很吵，一趟坐下來，我都快耳聾了。可是，我們只有蜻蜓班機可以搭，能怎麼辦？只好忍耐點，將就將就。」

聽到這些話，空空只覺得，螞蟻的困擾和他的問題似乎有著某方面特殊的關聯。他想了想，忽然靈機一動，想出一個好點子。他趕緊到處去張羅，請很多昆蟲來幫忙……

幾天之後，「蜻蜓航空公司」附近成立了一家「蝴蝶航空公司」。這家新航空公司的董事長，不是別人，正是空空。

空空公司的服務周到，每位旅客上機前都有花蜜可喝。空空設計的廣告也很別致：「安全，舒適，讓飛行跟跳舞一樣好，請搭乘蝴蝶航空班機！」果然，大家幾乎全都改搭蝴蝶航空班機，因爲這種班機的速度剛好，也沒吵雜聲，很令大家滿意。

於是，「蜻蜓航空公司」的生意一落千丈。不出一個禮拜，天牛董事長跑來跟空空商量，説要和空空合作，説要淘汰蜻蜓班機，改飛蝴蝶班機。這本來就是空空期望的事，不用説，空空自然是答應了。

那天，空空和天牛簽下合約，兩家併成一家。天牛高興的對空空説：「太好了，我保證你在結婚前賺到一千萬。」

空空不想賺大錢，只想睡大覺。這些日子以來，他的眼睛腫得可以，簡直就像兩顆紅豆。他把事情交代給天牛，自己退居爲榮譽董事，返回老窩，鑽進泥土裡，慢慢培養睡覺的心情。

對十七年蟬而言，睡覺實在是太重要了。日子還很長，蝴蝶班機聲音不大，不會吵到他的睡眠。空空把先前被剪掉的夢重新接起來，然後頭一偏，就呼嚕呼嚕睡起來。

在夢裡，健身得繼續做，再給天國的爸媽回封信，順便問候上帝，還有那歌唱訓練也不能斷……嗯，這一覺應該可以睡足十七年。可是好事多磨，就在空空睡著以後的兩年八個月零五天十時二十分十九秒，他又被吵醒了。

「這次又是誰在搞鬼？」空空火冒三丈的鑽出地面，只見一家「黃鼠狼建築公司」正在大興土木，準備在森林蓋旅館。

看到這種景象，空空差點暈倒。「天哪！」他喃喃的說：「當一隻十七年蟬眞是歹命，想好好睡個覺也不行。看來，我又得忙一陣子了！」

布

布放大屁

有一種昆蟲，非常奇特，叫做「步行蟲」。這種昆蟲之所以奇特，並不在於他們用六隻腳走路，也不在於他們不喜歡參加森林舞會，而是在於他們很會放屁。因此，也有人管他們叫做「放屁蟲」。

生物學家對放屁蟲做過研究，一般認爲，放屁蟲的屁是儲藏在肚子裡的「秘密武器」，是用來攻擊敵方，獵取食物的。不過，也有些寫童話故事的人認爲：放屁蟲愛放屁，是因爲他們的消化器官天生特別好。總之，一句話：放屁蟲不用吃「張國周強胃散」就是了。

老實說，放屁蟲的屁的確臭得要命，而放屁蟲卻對自己所放的屁非常適應。習慣成自然，他們甚至認爲放大屁是一種難得的

BOW

幸福。遺憾的是，放屁蟲一般交遊不廣，而且也沒有本族以外的朋友。關於這一點，請大家不必動腦筋想，只要動動屁股想就可以明白——要是你的朋友只會整天放屁，你說你還敢接近他嗎？

這種情況帶來相互的影響，慢慢的，沒有朋友的放屁蟲便眞的以爲他們根本不需要朋友。他們變得不喜歡出入公共場所，不喜歡參加昆蟲演唱會，甚至不喜歡參加兒童文學作品研討會。

每當其他昆蟲太太聚在一塊，討論哪一家百貨公司正在清倉大拍賣，她們難免會把放屁蟲拿來消遣。這些昆蟲太太總是說：「哈，放屁蟲眞是怪透了，整天都在放屁。」

就這樣，放屁蟲被當成一種怪物。大家不愛跟放屁蟲來往，相對的，放屁蟲也不喜歡跟大家往來。這也無妨，反正，井水不犯河水嘛！

不過，這種情況卻因為一隻小放屁蟲的誕生而有了改變。以下我們要說的，就是他的故事。

這隻小放屁蟲非常厲害，打從在「放屁村」出生，不用長輩教，就懂得如何放大屁。他使勁兒「嗯」了一下，頭一次放屁便放得屁聲「布布」作響，而且衝垮屋裡的一張椅子。

是個好兆頭。「好哇，」爸爸喜孜孜的說：「這小傢伙很會放屁，長大以後一定很聰明！」於是給他的新生兒取名叫做布布。在放屁蟲的世界裡，「布布」的意思是「很會放屁」，是個相當不錯的名字呢！

布布的爸爸說的沒錯，布布還沒長大，就已經很聰明，而且

放屁功夫十分了得。有一次，放屁村裡的孩子鬧著玩，舉辦一場放屁比賽。輪到布布表演時，所有參加比賽的小放屁蟲都高興極了。布布說：「請大家閃開點，讓我放個屁給大家瞧。」所有小放屁蟲聽了，都跑到樹後頭躲起來，露出兩隻好奇的眼睛，認眞的瞧著。布布只用八成的力氣放了一個屁，就掀起一陣風砂，吹倒許多株野草。

「哇，好棒喔！布布的屁又大又響。」所有的小放屁蟲都歡呼著。

布布贏得在場夥伴的掌聲，當然也贏得比賽的冠軍。

至於布布的聰明呢，則表現在他所問的問題上。聰明的小孩總是問東問西問個沒完，布布也不例外。布布常拿一些奇怪的問題問長輩，常常教他們傷透腦筋。

布布問過什麼問題呢?布布問過：「爲什麼在晚上，我們只能看到一個月亮?」「爲什麼星星會有那麼多個?」「爲什麼一個身體只能長一個頭?」「爲什麼我們放屁蟲那麼愛放屁?」

這些問題看起來很簡單，其實並不簡單，因爲許多年長的放屁蟲都被難倒了。

布布的爸爸想了三天，然後對布布說：「我們在晚上，只能看到一個月亮，是因爲另外一個月亮在睡覺。值夜的工作很辛苦，所以他們採取輪班制。」

布布的媽媽想了一個禮拜，然後對布布說：「星星之所以會有那麼多個，是因爲星星的媽媽很會生。」

布布的爺爺想得更久，他想了半個月，然後才對布布說：「一個身體的確只能長一個頭。因爲兩個頭長在一塊兒，會被人家誤認爲是芭樂。」

若問放屁蟲爲什麼那麼愛放屁，這個問題教誰也答不上來。放屁蟲愛放屁是天生自然的嘛！再說，放屁蟲愛放屁也不是什麼壞事呀。只不過，放屁蟲放的屁對其他昆蟲而言，味道很難聞。

布布聽了這些解釋，有的滿意，有的不滿意。但都沒有太大關係，因爲他小小的腦袋瓜兒永遠在產生新的問題，一個接一個。

直到有一天，布布想到了幾個問題，忽然變得好嚴肅，總覺得自己非把這幾個問題解決，否則他不會再去想別的問題。布布明白，他已經遇到所謂「真正的問題」了！

到底是什麼「真正的問題」讓布布這麼關心？

第一個是：「放屁村以外的世界是什麼樣子？」

第二個是：「其他昆蟲用什麼眼光看放屁蟲？」

第三個是：「為什麼放屁蟲沒有其他的昆蟲朋友？」

布布會有這種疑問，其實是有原因的。

打從出生以後，布布和其他放屁蟲一樣，都生活在放屁村裡，沒有出過遠門。外面的世界對放屁蟲來說，簡直跟外太空沒有兩樣。

布布曾經問過爺爺：「為什麼我們不能離開放屁村，到外面的世界去看一看？」這是爺爺一輩子碰過的最容易回答的問題，

他笑著對布布說：「不是不能，而是沒這個必要。我們放屁蟲不需要其他昆蟲朋友，其他昆蟲也不需要我們放屁蟲當朋友。我們活在放屁村裡，樣樣都好，沒必要出去接觸外面的世界。」

爺爺的答案是爺爺的爺爺告訴他的，算起來，也已經傳了好幾代，可是布布卻不滿足。布布坐在家裡，獨自一個默默的想：我的問題一定可以找到眞正的答案。我們放屁蟲從沒離開放屁村，都快跟外面隔絕了。其他昆蟲不了解我們，我們也不了解其他昆蟲，難道說，這種情況要一直下去？

布布又想：我們得教一隻放屁蟲到外界去瞧瞧，有可能的話，不妨交幾個昆蟲朋友。可是，誰去做這件事呢？是我嗎？如果我想去做，爸媽會答應嗎？

唉，說眞的，小孩子太聰明也是麻煩，你看，布布不就是一個例子？布布心裡的那些問題就好比發酵的麵團，越脹越大。結果，布布被這些問題壓得好悶、好不快樂。

布布的媽媽一向疼愛布布，她瞧見布布一副心事重重的樣子，便問布布：「布布，你看起來很不對勁！心裡有問題嗎？」

布布點點頭。

「什麼問題，告訴我，好不好？也許媽可以花半個月替你想答案。」媽媽說。

於是，布布便把心裡的想法統統告訴媽媽。媽媽聽了布布的話，一下子愣住了。她沉默了好久，說道：「孩子，你的問題只有靠你自己才解答得了，媽不能幫什麼忙。不過我覺得你會這麼

想，一定有你的道理。媽媽從沒走出過放屁村，也不知道一隻放屁蟲在外面會遇到什麼事情。你要是認爲怎麼做比較好，就盡力去做吧！」媽媽又說：「你爸爸那邊，別擔心，媽媽會好好跟他商量，讓你完成心願。」

沒想到媽媽會這麼開明，布布內心充滿了感激。一切就等爸爸回來怎麼說。

爸爸回家了。你猜爸爸怎麼說？想也想得到他是反對的。爸爸說：「不行不行。外面的世界對放屁蟲來說，是那麼陌生，甚至危險。教我的孩子到外面去闖蕩，說什麼我也不同意。」爸爸連續放了五個響屁來表示自己的反對。

不過，爸爸即使放十個響屁也沒用，因爲他的心腸實在太軟了。他委實拗不過媽媽的代爲請求，也不願見到布布一副悶悶不樂的樣子。終於，爸爸勉強點點頭，答應了。

布布好高興，差點放了一個屁把房子衝倒。

就在隔天中午，布布所有親族都來給布布送行。大家都依依不捨，尤其是布布的爺爺。

爺爺一把鼻涕一把眼淚的說：「孩子，你要做一件我們放屁蟲永遠不會想去做的事，爺爺只有祝福的分，不能給你什麼建議。不過，說眞的，你走了以後，爺爺可要悶得發慌了。我們腦袋瓜兒沒有你聰明，想不出那麼多好玩的問題來消磨時間。你走了，誰來提問題逗我玩？看樣子，爺爺的日子難過了。」

布布說：「爺爺，別擔心，我很快便會回來的。走之前，我

留幾個問題讓爺爺慢慢想，這樣子，爺爺就不怕日子不好過了。」於是布布像連珠炮似的提出好多問題：爲什麼會有白天和黑夜的分別？爲什麼樹木只長樹葉，不長麵包？爲什麼眼睛只能用來看，而不能拿來當彈珠玩……

當布布提出第十一個問題，爺爺呵呵笑起來了，「夠了，夠了，這些問題夠讓爺爺想好幾年了！」

可不是嗎？光是一個淺淺的問題，爺爺就可以想半個月，何況布布提出的問題都是這麼具有「深度」。

一切安排妥當，該說的話也說了，布布揮揮手，告別了放屁村。從沒出過遠門的布布跨出了第一步，進入他追尋答案的旅程。

外面的世界是新鮮的，到處是布布沒見過的景物。

一路上，布布聞著花香，看著不同種類的樹木。原來，外面的世界多彩多姿，根本不像放屁蟲早先想像的那麼可怕！布布心中第一個問題馬上解決了。他放開心情繼續往前走，期望著第二個問題的解決。

布布走著走著，忽然看見前面有隻昆蟲蹦蹦跳跳的跳過來。

「這是隻什麼昆蟲呀？爲什麼不好好的走路，而要用跳的？」布布心裡想。

其實要教這隻昆蟲用走的，恐怕還不太習慣呢！因爲布布所瞧見的，不是別的昆蟲，正是愛蹦愛跳的小蚱蜢。

小蟋蟀跳呀跳的跳經布布身邊，然後回頭看了布布一眼，又跳呀跳的跳到布布那兒去。

小蟋蟀說：「咦！你是什麼昆蟲？怎麼以前沒見過。」

布布熱切的自我介紹：「我是放屁蟲，我的名字叫做布布。」

小蟋蟀笑了起來，說：「好好玩喔，你是放屁蟲，那麼你一定很會放屁嘍？」

「那當然！」

小蟋蟀笑得更厲害，說：「那就放個屁給我瞧瞧，怎麼樣？如果你放的屁像我蹦蹦跳跳這麼帶勁的話，我小蟋蟀便和你做朋友。」

布布聽到小蚱蜢這麼說，簡直樂壞了，連忙說好。對布布而言，放屁是家常便飯，放大屁更是他的拿手本領。布布把屁股高高的翹起，對準小蚱蜢。他想，放個三成力氣的屁就好，因爲超過三成力氣的屁，恐怕會把小蚱蜢吹走。布布可不想讓他的第一個朋友吹不見，所以就小心翼翼的把屁慢慢放了。

布布放完屁，覺得高興無比，轉過頭來看小蚱蜢。沒想到，布布一轉頭，卻看到小蚱蜢昏倒在地上。

布布急忙跑去扶起小蚱蜢，搖晃著，「喂，醒一醒，快醒一醒啊！」

小蚱蜢醒了過來，發現自己躺在布布臂窩裡，笑也不敢笑，就跳到一邊去。他露出驚慌的神色，說：「布布大爺，饒了我小

蚱蜢吧。我一輩子還沒聞過這麼臭的屁，怎麼還敢跟大爺您交朋友呢？」說完，三步併作兩步跳得老遠，就像是躲著瘟神。

布布很失望。沒和小蚱蜢交上朋友，倒把他嚇走了。布布納悶著：「難道說，我的屁就這麼難聞？」

想也是白想，還不如去找其他昆蟲當朋友。於是，布布又鼓起勇氣向前走。布布遇見了兩隻天牛、三隻蜜蜂、四隻蟬和五隻螞蟻。這些昆蟲對放屁蟲早有耳聞，也不想和放屁蟲扯上關係，所以都不願搭理布布。他們總丟下一句話：「森林的昆蟲都知道你們愛放屁。你們放屁蟲整天放屁就成，幹麼出來找昆蟲當朋友？」

布布簡直要哭出來了。他心中第二個、第三個問題同時獲得解答：其他昆蟲不喜歡放屁蟲，都認爲放屁蟲放屁很無聊；放屁蟲之所以沒有其他昆蟲朋友，不爲別的，只因爲放屁蟲太會放屁了。老實說，這些答案很可笑，但卻都是事實。「大家都會放屁嘛，」布布傷心透頂，「爲什麼獨獨我們放屁蟲放屁，就必須讓其他昆蟲瞧不起？」

布布坐在一顆石頭上，感覺不是滋味。

本來，離開放屁村到外面來是很愉快的，現在可煩惱了。「早知道這樣，我就不該離開放屁村。」布布嘆著氣說：「可是不出來一趟，我又怎麼知道其他昆蟲是怎麼想的？」就這樣，布布坐在石頭上反覆想著這些事情，從下午想到傍晚。

太陽下山了，圓圓大大的月亮出來了。

布布忽然想念起爸爸、媽媽和爺爺。他站起來，打算回家去。

正當他抬腿要走的時候，聽到森林不遠處傳來一陣笑鬧聲。「好奇怪喔！爲什麼森林裡會有這樣的聲音？」布布被笑鬧聲吸引，沒有朝放屁村的方向走，倒是一步步靠近了笑鬧聲發出的所在。

布布躲在一株樹幹後面，遠遠的偷看。哇，那不是昆蟲們在辦一場森林的月光晚會嗎？那些昆蟲忙著布置會場，傳遞食物，有些大蝴蝶還在花朵上教一些小蝴蝶跳新式的舞步呢！

這是森林一年一度的月光晚會。天色還沒有完全暗下去，晚會顯然也還沒開始，可是會場已經熱鬧得很。布布的好奇轉而變成羨慕，很希望自己也能參加這場晚會。但是他知道自己不能。昆蟲不喜歡放屁蟲。布布知道，一旦自己現了身，一定會被馬上趕走。目前他能做的，就只是偷偷的看，偷偷的欣賞罷了。

布布看到了：白天裡被他嚇走的那隻小蚱蜢跟著媽媽在會場。他們看起來是多麼幸福。

是啊，不只是小蚱蜢，其他昆蟲看起來也很幸福。他們兩三成群，互相找著朋友談天說笑，教布布看了，心裡覺得好酸。

常言說得好：「天有不測風雲，蟲有旦夕禍福。」就在大家看起來都很幸福的同時，一樁不幸福的事情卻發生了。究竟是什麼事呢？

是有隻昆蟲跌了一跤，把果醬抹在他爸爸的臉上？

不對。

還是布布忍不住放了一個大屁，把會場上的昆蟲全都熏斃了？

也不對。

布布打從躲在樹幹背後的那一刻起，就憋著屁不敢放。他很清楚自己的屁可能會傷害到其他昆蟲，他並不想讓自己成爲晚會的破壞者，教大家對放屁蟲的印象更壞。

那麼到底發生了什麼不幸福的事？

只要你望望晚會會場上頭，你就會明白是怎麼一回事。原來有隻黑鳥站在一棵大樹上，正虎視眈眈的盯著會場裡的昆蟲。

這隻黑鳥從外地路過森林，不曉得昆蟲和森林裡的鳥早有約定：一年一度的月光晚會，所有的鳥不准攻擊昆蟲。由於趕路的緣故，黑鳥已有兩天沒進食，這下子看到那麼多昆蟲聚在一塊兒，高興得兩顆眼珠都快掉出來。他的心臟直跳，口水直流，巴不得一口氣把所有的昆蟲吃光。他餓得發慌，等不及晚會開始，一雙翅膀拍了拍，便俯衝飛進會場。

「啊！」一聲尖叫爆發出來，是隻金龜子被抓到了。不用五秒鐘，整個會場亂成一團，到處聽得到喊爹喊娘的。昆蟲拚命找地方躲，也不管彼此是不是踩來踩去。

事情發生得十分突然，布布一下子愣住了。有隻蟋蟀拎著自己一條被踩斷的腿，從布布身邊跑過去。他停了一下，對布布說：「小伙子，愣在這裡幹麼？還不趕快逃命？」說完，便一拐

一拐的跑掉了。

對，逃命要緊！布布恍然想起。

正當布布拔腿想跑的時候，他看見了一個危險的景象。黑鳥吃了金龜子，又打算抓另外一隻昆蟲——天哪！這隻倒楣的昆蟲可不正是那隻愛蹦愛跳的小蚱蜢嗎？

小蚱蜢跳呀跳的，總是逃不離黑鳥的視線。看來，小蚱蜢是凶多吉少了。

布布很著急，一急，不管三七二十一，脫口便喊：「不准抓他！」然後跑向前去搭救小蚱蜢。

黑鳥聽見布布大聲喊叫，又瞧見布布衝過來，一時奇怪，暫且飛高，穩住陣腳。眼看布布只不過是個小不點，黑鳥立刻做了決定，要將這隻不知好歹的昆蟲一起抓來當點心吃。他掉轉個方向，又飛了過來。

或許是太緊張的關係吧，布布早先憋在肚裡不敢放的屁，這時不知不覺的泄了一些出來。

黑鳥聞到屁味，一時頭暈，身體晃了晃，竟然飛偏了方向。他大叫一聲：「什麼味道呀？怎麼這麼臭？」

就是黑鳥這句話提醒了布布。布布馬上把屁股抬得高高，朝向天空。

黑鳥曾經認爲布布不知好歹，其實不知好歹的才是黑鳥自己，因爲黑鳥轉了一個彎，又對準布布飛過來，而那兒正有布布的屁股在等著他！

黑鳥飛行的距離越來越近，十公尺、七公尺、五公尺、三公尺、兩公尺、一公尺……布——布——布——只聽布布放了個長長的屁，直撲黑鳥的臉。

哇！這一定是布布有生以來放過的姿勢最美的屁。黑鳥像是聞到毒氣似的，眼睛昏花，腦袋發脹，翅膀也不管用了。他大叫著：「哎喲，我的媽，臭死了！」飛得歪歪斜斜的，連續撞了三棵大樹。他好害怕，不想再抓什麼昆蟲了，抖動著不太靈活的翅膀，跌跌撞撞的飛離了森林。

小蚱蜢獲得解救。

沒多久，昆蟲都回到會場。小蚱蜢的媽媽在慌亂中和孩子分散，一看布布救了小蚱蜢，緊握著布布的手，感激得不知該說什麼話才好。

一隻蚤螻說：「以往，我們總瞧不起放屁蟲，只因爲他們愛放屁。可是現在，放屁蟲的屁倒救了我們大家一命。」

一隻蜻蜓說：「是呀，昆蟲之間本來不應該存在偏見的！看來，我們得改改我們的想法才對。」

一隻蝴蝶說：「嗯，我決定和放屁蟲交朋友。」

「我也是。」另一隻昆蟲說。其他昆蟲陸續附和著。大家都願意和放屁蟲交朋友。

就在一片凌亂的月光晚會會場上，所有昆蟲圍著布布，一一跟布布握手，有的還擁抱了布布。

「你們對我太好了。」布布感動得掉下淚來。他不敢相信眼

前發生的事，可是這一點也不假——所有昆蟲都願意當放屁蟲的朋友——這已經大大超過了布布原先只想交一、兩個朋友的期望。

逃過大難的小蚱蜢也拉著布布的手，對他說：「布布大爺，教我放大屁好嗎？要是下次再遇到鳥兒欺負我，我就放個大屁給他嘗嘗！」小蚱蜢的話逗得大家笑了起來。

就這樣，布布在森林裡度過生平最快樂的夜晚。

次日早晨，布布帶著昆蟲朋友回放屁村去。布布的親族看到布布只出去一天就回來，都高興得要命，接著發現布布還帶了那麼多朋友回來，又都驚訝得張大了嘴。

第一次見面，難免覺得怪怪的，可是一回生，兩回就熟。放屁蟲逐漸感覺到其他昆蟲是眞心誠意要和他們交往，只不過令放屁蟲納悶的是：爲何這些昆蟲總是捏著鼻子？

喜歡「研究」問題的布布的爺爺想了好久，想到一個答案：「因爲這些昆蟲閒得發慌，沒事幹就捏鼻子。」

其實才不是這樣！放屁蟲當中，就只布布知道眞正的答案。他正在爲這件事傷腦筋呢！

小蚱蜢仍然纏著「布布大爺」，要布布教他怎樣放大屁。

布布心裡想：「放大屁是我天生就會的，怎麼去教他？」想著想著，卻因此想出一個妙點子。

布布請昆蟲朋友到森林各處去蒐集一些不曉得是誰丟棄的塑

BOW
BOW
BOW
BOW
BOW
BOW
BOW
大布
小布

膠袋，然後把塑膠袋一一綁在每隻放屁蟲的屁股。只要放屁蟲一放屁，這些屁就儲存在塑膠袋裡，裝滿一袋就換另外一袋。布布的屁股頭也綁著一個塑膠袋，而且是特大號的。

布布眞不愧是聰明的小放屁蟲，他的想法是：這些裝滿屁的塑膠袋，可以送給其他昆蟲，當救命的寶貝。要是有晚會上那黑鳥般不識相的傢伙來攻擊昆蟲，就用力戳擠塑膠袋，放出「毒氣」轟走他。再說這樣子，放屁蟲的屁味也不會影響其他昆蟲的感覺，眞可說是一舉兩得！

所有的昆蟲不再捏著鼻子了。他們都很高興，也很滿意，而且非常尊敬布布。有一天，他們請布布說些話，準備刻在大樹上，當作森林永遠的紀念。就在爸爸、媽媽和爺爺都在場的時

候，布布看看屁股頭綁著的塑膠袋，想了想，終於說出一句名言。這句名言是：「天生我材必有用，天生我屁必好用！」

可不是嗎？布布的屁證明他的話一點兒也沒錯！

蜉

蝣新新的一天

蜉蝣的生命很短，短得不得了，甚至比迷你裙還短。往往，他們早上才化爲成蟲，晚上就報銷了，所以有人形容他們是「朝生暮死」。

這麼短的生命能拿來幹什麼？同一天慶祝生日然後打一場乒乓球然後跳跳繩然後跟親友道別然後準備舉行自己的葬禮？

老實說，我也很好奇，而且一直在研究。

據我所知，蜉蝣生命雖短，但志向卻不小。他們有的想當總統，有的想當麥當勞的董事長，有的想得諾貝爾文學獎，有的想要環遊世界一周——不過，通常都只是想想而已，事實上都來不及做。

是的，蜉蝣的生命眞是太短了。由於這個緣故，蜉蝣做什麼事都很趕，生活一切也都是以「秒」作爲計算單位。

「啊，糟糕，大個便居然花了三十秒！我還得花五秒鐘擦屁股，老天爺，時間怎麼夠用？」有一隻蜉蝣這麼說。

還不只是這樣呢！你聽聽看其他蜉蝣又是怎麼說……

「快，快走，早場電影趕不及了……」

「親愛的，妳就趕快答應嫁給我吧。我可沒那麼多耐性，我只打算花六十秒跟妳求婚……」

「喂，老婆，妳別拖拖拉拉的行不行？生個孩子也要花掉十五秒！到底生完了沒？我們還得趕去看職業棒球賽呢……」

瞧，他們做什麼事情都在趕，吃飯趕，看書趕，連寫論文也在趕。趕趕趕趕趕，這件事情還沒趕完，就趕去做那件事情。他

1098 765
12
9
3
6
1234567

們都說，蜉蝣一天的生命是如此之短，不趕緊點怎麼行？

於是，他們趕著穿衣穿褲子穿鞋子，趕著出門趕去看花展。只因太趕了，到了花展會場，他們才發現，「咦，爲什麼我的鞋子是穿在頭上，而我的褲子是穿在身上呢？」

看嘛，終於趕出問題來了吧！

有的蜉蝣還更誇張哩，好比我們底下提到的這一隻。這個蜉蝣老兄一化爲成蟲之後，就想當個畫家。想畫畫，就得參加比賽，好讓人家知道他的才華。於是，他帶著畫具滿懷信心的要趕去參加繪畫比賽。走到半路，他忽然想到沒帶水彩顏料，所以馬上折返回家去拿。拿了水彩顏料趕緊的出門，途中忽然又想到畫筆剛剛給擱在桌上，沒帶來，所以毫不考慮的立刻折返回家去

拿。拿了畫筆再趕快出門，走呀走的，一下子想到，怎麼又把水彩顏料忘在家裡啦？因此趕快跑回家去拿……好不容易全帶齊了，可是趕到比賽會場，一看——什麼？比賽賽完了，名次公布了，而且正在頒獎——當然啦，第一名絕對不是他，甚至連第二名、第三名也不是。

我們這隻蟋蟀老兄這下可傷心透了，直花了一萬三千八百秒在那兒哭個不停。

他一邊哭一邊想，當一隻蟋蟀，卻沒趕上一件事，這不是太丟臉了嗎？他嗚嗚嗚的對自己說：「希望下件事情能趕得成，別再漏氣了。」

是的，他一點兒也沒漏氣，接下來的一件事，他趕著做到了。就在哭完了一萬三千八百秒，到了第一萬三千八百零一秒的時候，他兩眼一瞪，六腳一翹，趕著「去投胎」，果眞就趕到了——這次，他投胎變成了一隻想當詩人的豬。

蜉蝣的生活是如此的趕，居然連投胎也在趕。難道這一切只爲了生命短促，沒有機會吃到消夜然後好好睡上一覺，才那樣的趕嗎？

那麼，這樣趕的蜉蝣，除了趕來趕去，又有什麼故事好說的呢？

如果你是這麼問的話，那你可眞問對人了！

在下敝人我，對蜉蝣的研究雖然不多，可還有那麼一點小小小小的心得。下面，就讓我來跟你說個故事，叫做「蜉蝣新新的

一天」。

蜉蝣新新的一天？蜉蝣的一天不都是趕趕的，怎麼會是新新的？有多新，像剛買來的電視機那麼新嗎？你一定會這麼問我。

別誤會了。聽我跟你解釋清楚，而且保證不囉嗦。我說「蜉蝣新新的一天」，不是指蜉蝣舊舊的一天，也不是指蜉蝣的這一天是新新的或舊舊的，更不是指這一天的蜉蝣都是新新的，而是指這是蜉蝣新新的一天——總而言之，是蜉蝣新新所過的一天；總而又言之，我們還是廢話少說，趕快把這個故事講了吧！

有隻蜉蝣叫做新新。他從化為成蟲後，就一直在想一個問題：「生命雖短，卻有必要那麼趕嗎？為何不好好品味這一天呢？」於是他停在山澗，準備品味山中的風景。就在他細心品味時，「呼」一聲，掠過一隻鳥，也把他抓去「品味品味」了。

就這樣，蜉蝣新新過完了他非常有品味的一天！

好啦，故事說完了。

夠快了吧！

女王「瘋」

蜜蜂是一種群居的昆蟲，不管蜂巢有沒有裝冷氣，總是住在一起。他們工作勤奮，對女王效忠，而且看起來智商都不太高。

除了這些，蜜蜂似乎沒有什麼好説的。可是下面，我們卻要説一個很不一樣的蜜蜂故事。透過這個故事，你將會明瞭，女王蜂爲什麼會變成女王「瘋」……

故事一開始，出現一座森林，然後是森林裡的一個蜂巢。蜂巢裡一群擁擠的蜜蜂，黑壓壓一片，好不熱鬧。

蜂后的頭突然從蜂群裡冒出來，對其他蜜蜂大聲吼：「你們都給我滾開點，別再擠過來了。奇怪？我的皇冠掉到哪裡了？哎喲！小心點，你們踩到我的腳了！」

沒多久，密密麻麻的蜂群裡又冒出另一個頭。那是蜂后的女兒蓓蓓。她說：「媽咪，妳就忍耐點嘛，誰教我們是蜜蜂？」

好不容易找到皇冠，蜂后緊緊的戴在頭上，接著大叫一聲：「我再也受不了了！我決定要分封！」

「什麼？分封？」所有蜜蜂全都抬起頭，愣了一下。

「媽咪，妳眞的決定這麼做？」蓓蓓也詫異的問。

「沒錯！」蜂后說：「蜂巢這麼擠，再擠下去，遲早會擠破。不帶一半蜜蜂出去蓋個新窩住，怎麼行？蓓蓓，等我走了，這個老蜂巢就交給妳來管！」

蓓蓓慌張起來，「媽咪，我心裡還沒準備當女王。再說，我也曾跟妳提過一個夢想，想到外面世界去看看。當了女王，哪有時間出去玩？」

嗯，女兒的確跟她提過這個夢想，而她也早就答應了。這該如何是好？蜂后想出一個變通的辦法：「這樣好了，蓓蓓，我放妳五天假讓妳去玩。等妳五天後回來，就辦交接手續。妳看怎麼樣？」

蓓蓓想了想，說：「好。不過，期限改爲七天。」

「五天，一天不能多。」

「七天，一天不能少。」

蜂后考慮一下，說：「打個商量吧，六天怎麼樣？」

「好吧，雖然不滿意，但是可以接受！」

「哇，好偉大的蓓蓓！」所有蜜蜂全抬起愣愣的頭。他們很佩服蓓蓓；因爲蓓蓓敢做一件他們從來沒想過的事——跟蜂后討價還價。

「出門在外要小心，」蜂后叮嚀：「別跑到什麼巴里島；還有，別給蜘蛛抓去當晚餐了！」

「知道了，媽咪。」

於是，蓓蓓告別蜂后，飛出蜂巢，展開她的「六日旅」。

第一天，蓓蓓遊遍整座森林。

第二天，蓓蓓不知不覺飛出森林，遠遠的瞧見了一座城市。城市彷彿發出一股很強的磁力，把蓓蓓吸引過去。

一飛進城市，蓓蓓更加好奇了。她看到無數的城市景觀：水泥叢林、大馬路、金屬殼的巨型甲蟲……還有一種叫做「人」的動物。

蓓蓓察覺到，那些「人」的生活跟蜜蜂的生活是多麼不一樣。但是究竟有何不同呢？爲了解開疑惑，她向城市伸出了探索的觸角。

或許蓓蓓天生有些藝術細胞吧——在所有的事物裡，讓她印象最深的，竟然是人們的那些藝術表演和藝術創作。

蓓蓓在音樂廳聆聽演唱，在文化活動中心觀賞現代舞表演……一直到第六天，她還在美術館流連，欣賞一件件的泥塑和畫作呢！

「這些作品眞好！」蓓蓓高興得很。瞧著瞧著，突然，她的眼睛像被電到一樣，直直的盯住牆上的一幅畫。

那是一幅肖像，畫的是超現實主義畫家達利兩撇鬍子翹翹的模樣，筆觸細膩，栩栩如生。

蓓蓓著迷了。她的血液在翻湧，感覺醺醺然的。

是的，蓓蓓一見鍾情，鬧戀愛了！

你猜，她愛上誰？

畫裡的達利？

不對。對蜜蜂而言，達利塊頭太大了。蓓蓓愛上的是達利翹的那兩撇鬍子。

哇，怎麼會這樣？

你別驚訝，事情就是這樣。愛是沒什麼道理可說的，誰會喜歡上誰，往往也令人難以預料。蜜蜂愛上達利的鬍子，有何稀奇？在王爾德的童話裡，那更奇怪呢，一隻燕子愛上了河邊的蘆

輩……

總之，蓓蓓一下子給愛情沖昏了頭。她羞答答的對那兩撇鬍子說：「親愛的達利的鬍子，我們結婚，好不好？」

達利的鬍子動也沒動，顯然在考慮這個建議。

「想不到你比我更害羞。沒關係，仔細的想。你如果答應了，我會好好的對待你，爲你生一窩健康的蜜蜂鬍子蛋。」

達利的鬍子保持沉思，沒有表示意見。

「你到底覺得怎麼樣呢？」蓓蓓又問。

第六天已經快過去，假期接近尾聲。蓓蓓左等右等，始終得不到達利的鬍子的答覆。她可以一輩子爲達利的鬍子在美術館守候，只因她愛它。可是，她不也答應了媽咪，六天過後就回去？

要是不回去，豈不是失信了？

沒辦法，蓓蓓只好依依不捨的離開美術館，向達利的鬍子道珍重，滿懷傷感的飛回了森林。

蜂后一見到蓓蓓，果然高興，立刻實行分封。這一陣子，她實在受夠了！

蓓蓓接管了蜂巢，成爲一隻女王蜂。

在忙碌的日子裡，蓓蓓仍然時常想起那段奇異的戀曲。好幾次，她想再去城市看看達利的鬍子，可是她不敢。她怕遭到再一次的拒絕。「達利的鬍子眞的好『酷』，它爲什麼不答應跟我結婚？」蓓蓓痴痴的問自己。

除此之外，她也常想起城裡的那些藝術表演和藝術作品。人類眞是聰明，把生活弄得如此活潑，哪像蜜蜂，整天只會嗡嗡嗡，飛到西又飛到東，日子多單調哇？她這麼想。

不想還好，這一想，也不知哪根筋不對，蓓蓓突然跳了起來，大叫：「想通了！想通了！我知道它爲什麼不答應跟我結婚了！」

原來，達利不只是藝術家，他的全身上上下下每個部位也都是藝術家。藝術家只有藝術家才配得上，蓓蓓不是藝術家，人家達利的鬍子怎麼會看得上眼？

因此，要是想改變整個情況，贏得達利的鬍子的回應，唯一的方法就是——蓓蓓讓自己成爲一個藝術家！

這是一個天大的決定。蓓蓓的一顆心像小鹿亂撞。愛情啊

……藝術啊……親愛的達利的鬍子啊……

從此，蓓蓓的日子可就更忙了。得有藝術創作，才能稱得上是藝術家。這是藝術界共同承認的，達利的鬍子也一定這麼想，不是嗎？

於是，蓓蓓下了一道命令，要所有蜜蜂去採集一切可以當做顏料的東西。舉凡果漿啦，樹脂啦，青草啦，甚至連老虎的鼻涕都要……

這下，所有蜜蜂全糊塗了。他們擠在一堆，抬起愣愣的頭，問：「陛下，您要這些玩意兒幹什麼？」

「笨蛋！你們難道不曉得？」蓓蓓幾乎吼叫起來，「我要畫畫！」

蓓蓓找到了一棵闊葉樹。她在葉面上精心構圖，塗抹「顏料」。

她想畫一幅「對著月亮大叫的狗」，畫好一看——咦？怎麼變成一幅「正要偷吃香蕉的老鼠」？

她想畫一幅「婦人耳垂上的金環」，結果畫成「婦人耳垂上的麵團」。

她想畫一幅「初醒的孩子」。她想像著孩子剛醒過來時，那模樣是多麼可愛。畫呀畫呀，畫好一瞧，這孩子的表情居然被畫成似乎在說：「媽，妳就是打死我，我也絕對不起床。」一點兒也不可愛。

蓓蓓很懊惱。爲什麼畫的跟想的總不協調？這些畫怎麼拿去

給達利的鬍子瞧，好證明她是藝術家？

好吧，畫畫不行，就換唱歌吧！於是蓓蓓又下一道命令，爲自己辦一場演唱會。

哈，所有的蜜蜂愣愣的頭又有機會出現了。只不過，這次是出現在百合花下。

蓓蓓站在百合花瓣上，盡情的歌唱：

「如果你眞的喜歡一個人，可以在他頭頂種些花，種些草，千萬別在他的鼻孔裡養魚……」

「你要去遠方，我送你一個豬肝，願它保佑你平安……」

蓓蓓唱得如此忘我。她期待百合花底下響起掌聲，等了很久卻等不到任何動靜。仔細往下面一看——什麼？大家全睡著了？

這當然又是一次不小的打擊。

蓓蓓難過了好幾天，好不容易恢復正常。她放棄了歌唱，接著想成爲一個泥塑藝術家。

蓓蓓心裡很明白，以一隻蜜蜂小小的個兒，要完成一件大型泥塑品，那是不可能的。幸好她是個女王，可以命令大家幫忙。

「什麼？」不用我說了，是那些蜜蜂所有愣愣的頭，「陛下，什麼是泥塑品？蜜蜂不都只會蓋蜂巢嗎？」

「你們眞的那麼笨嗎？」蓓蓓氣得吼道：「我怎麼說，你們怎麼做就對了嘛！」

於是，在蓓蓓的策畫下，大家合力要完成一件名爲「苦難地球」的泥塑品。過了很多，這顆「地球」終於做出來了。

但是蓓蓓看了看，決定把泥塑品的名稱改爲「一團開著六角形窗户的腦窩」。

它看起來是那麼滑稽好笑，一點也沒有苦難的感覺。很顯然的，這不是一件成功的作品。

再做第二件吧，叫做「有一對翅膀的女神」。當然，這也費了大家不少工夫。只是奇怪得很，作品做好了，作品中的女神居然飛不見了，留下的仍然是「一團開著六角形窗户的『腦窩』」。

等到第三號「腦窩」又被意外的做了出來，蓓蓓就做不下去了。

「這些笨蛋蜜蜂說的一點也沒有錯，」蓓蓓喃喃自語：「他

們眞的只會蓋蜂巢，或者，很像蜂巢的『腦窩』。把這『腦窩』抬去給達利的鬍子看，不被它笑死才怪。它怎麼會相信我是一名藝術家？又怎麼可能會愛我呢？」

那麼，蓓蓓接下來似乎只有當舞蹈家的分兒了。

跳舞應該比其他藝術創作要簡單多吧？何況，蜜蜂比人類多一雙手腳，應該可以表現得更好才對！蓓蓓這麼想。

因此，在蓓蓓的命令下，第一支由蜜蜂組成的「超級現代舞蹈團」成立了。

蓓蓓帶著大夥開始跳起現代舞。一二三四，二二三四，三二三四，四二三四，再來一次……

哪曉得，這些蜜蜂天生只會跳「8字舞」，要不就疊羅漢。

這哪像「超級現代舞蹈團」？簡直是在耍把戲嘛！應該改名叫「超級現代馬戲團」。

至於蓓蓓，也不比其他蜜蜂好到哪裡去。她跳著跳著，六隻手腳居然一下子打結在一塊兒。這種「打結舞」，究竟能跳給誰看？不用說，舞蹈團立刻解散！

蓓蓓再也受不了了！

爲了可貴的愛情，她必須成爲一名藝術家。可是，她努力嘗試，卻始終無法實現夢想。她氣得咬自己的手，咬自己的腳。

而且，她整天都在找自己的耳朵。

咦，蓓蓓當不成藝術家，幹麼找自己的耳朵？喔，原來，她想學梵谷，在藝術生命遭挫折時，把耳朵割掉。

可是奇怪得很，蓓蓓找了很久，老是找不到自己的耳朵——唉，你瞧瞧，蓓蓓情況有多糟！她身爲一隻蜜蜂，竟忘了蜜蜂只長觸角，不長耳朵的。

有人忍不住問：「蓓蓓既然不長耳朵，爲何又聽得到人家在說話？」

關於這一點嘛，說眞的，我也不大清楚啦！反正，你只須明白，蓓蓓找不到自己的耳朵好割下來，這下可就更難過了。

恰巧這一天，蓓蓓那已分封出去的蜂后媽咪，大老遠回來探望她的女兒。一看到蓓蓓這種情形，蜂后媽咪一直不停嘆氣。她的心情沉重，像是有一籮筐的話要跟女兒說。

只見所有蜜蜂全擠過來，伸著一個個愣愣的頭。他們實在好奇，想聽聽老蜂后怎麼說？

咦，怎麼？一陣子不見，蜂巢的蜜蜂又多起來了？老蜂后一開口就大聲吼：「你們都給我滾遠點。小心，別踩我的腳！」然後以極快速度換了一副慈祥面容，對蓓蓓說：「女兒啊，怎麼把自己弄到這種地步？有什麼心事，跟媽咪講，好嗎？」

哇，陛下要講話了，快，快過去。所有蜜蜂一起擠到蓓蓓那邊去。

蓓蓓一陣心酸，幽幽的說：「媽咪，妳告訴我，一隻蜜蜂要怎麼做，才能成爲一個藝術家？」

輪到老蜂后講話了，所有蜜蜂擁向蜂后身邊。

老實說，蜂后也被搞糊塗了。她不解的看著蓓蓓，疑惑的

問：「藝術家？什麼是藝術家？蓓蓓，妳爲什麼想成爲一個藝術家？」

嘿，一下子，蜜蜂全都擠到蓓蓓周圍。他們非常明白，只要跟緊一點，遲早會聽到問題的答案。

果然，蓓蓓終於説出了內心深藏的渴盼：「人家想跟達利的鬍子結婚，人家想跟它生一窩蜜蜂鬍子蛋嘛！」

説完，衝上前去，摟著蜂后媽咪哇哇的哭了起來。

故事到了尾聲，最後出現的一個鏡頭，不必多説，便是那些擠得不得了的蜜蜂。他們全都伸直了愣愣的頭，恍然大悟的同時説出了一句話：「喔，原來是爲了愛情，我們的陛下才會變成一隻女王『瘋』。」

蜷蟀草(ㄑㄧㄡ)之歌

蟋蟀愛唱歌，通常不需伴奏，獨自就可以叫得很起勁。蟋蟀的歌聲尖細，嘰嘰嘰、嘰嘰嘰的，給人印象深刻。詩人尤其忘不了這種聲音。爲什麼呢？瞧瞧詩人寫的這首詩，你就知道——

聽！一隻蟋蟀
又躲進我的床底下在唱歌
老是捉不到，這下我又得失眠了！

唉，可憐的詩人，老是被蟋蟀吵得睡不著。

以下，我們要說的，也是一個和蟋蟀唱歌有關的故事。只不過，故事裡的這隻蟋蟀，並不會吵得人家睡不著，而且，他也不是隻普通的蟋蟀喔！

故事一開始便很不尋常，因為出現的是一個擺滿各種藥劑和試管的化學實驗室。夜裡十點多，化學家巴先生正在做實驗。他把一顆老鼠大便和一小匙鹽巴一起加在一支試管的甘蔗汁裡，看看會產生什麼變化？

等了很久，一點變化也沒瞧見。巴先生嘆了一口氣，說：「看來，我這個實驗又失敗了。」

巴先生走到客廳去，打開客廳的櫃子，拿出一件珍藏的古物來賞玩。每次遇到工作不順利，他總會用這種方式來紓解一下身心的疲困。

巴先生是個化學家，同時也是個古物收藏家。

他收藏了很多古物，像是恐龍鼻涕化石啦、古犀牛的鬥雞眼啦……其中，他最喜歡的，就是此刻拿在手上賞玩的那片刻有中國古代文字的龜甲。

巴先生不只是個古物收藏家，而且還是個古文字學家。

他認得很多古文字。但是，在這片龜甲上，他卻特別喜愛一個字——這個字就是，現代音讀作ㄑㄧㄡ，意思是秋天，可字形刻畫的卻是一隻蟋蟀。

想像一下，這是個多美的字呀！蟋蟀總在秋天鳴叫，所以，蟋蟀就是秋的象徵……望著這個古文字，巴先生激起了許多美麗的幻想……

想著想著，巴先生打了一個哈欠。原來，他覺得睏了。

夜已深了，時候不早，也該去睡了，巴先生把龜甲放入櫃子，垂著眼皮，走進臥房。這是個恬靜安詳的夜晚，沒多久，巴先生便沉入了夢鄉。

想不到，就在這樣一個恬靜安詳的夜晚，巴先生睡著以後，一件奇妙的事情接著發生了！

其實，巴先生的那個實驗並沒有失敗，它只是少了一點月光當催化劑。

那麼，誰來爲這個實驗加點月光呢？

是屋子外頭的那些螞蟻。

那些螞蟻在屋子外頭老早聞到甘蔗汁傳出的氣味，全都擠在

窗口往內瞧。這個巴先生怎麼還不去睡？怎麼還不趕快去睡呀？他們急得不得了，簡直快憋不住氣。

等巴先生終於去睡了，螞蟻大叫一聲：「衝啊！」一群傢伙從窗縫鑽進實驗室裡，爬上試管，個個爭先恐後的去嘗試管內的甘蔗汁。果然，甘蔗汁又香又甜，只不過，好像還有點鹹鹹的……

他們都沒發覺，就在他們溜進實驗室的當兒，也把身上早先在屋子外頭沾染的月光帶進來了。

光想嘗甘蔗汁，也不顧著腳底，一不小心，有隻螞蟻忽然掉進試管裡。一瞬間，月光從螞蟻身上滲進甘蔗汁，閃亮了那麼幾下。天哪！實驗起反應了，整支試管開始晃動，甘蔗汁也在打著漩渦。

咻——像沖天炮一樣，試管裡的那顆老鼠大便突然衝出試管，衝到了半空，然後落在實驗室的牆角。

一隻老鼠從牆角的洞裡探出頭，看了看，驚訝的說：「咦，這不是我昨天大的大便嗎？怎麼被做成了『甜不辣』，還送到了門口？」念頭一動，便想拿進洞裡去給老婆吃。

一隻蟑螂比老鼠動作還快。他當著老鼠的面搶走了大便，一邊跑，一邊回頭說：「哈哈哈，捉不到捉不到。」可把老鼠氣壞了。

跑呀跑，搶到老鼠大便的蟑螂跑到客廳。儘管老鼠沒有追過來，他卻還是在跑。越跑越快，越跑越興奮，終於，他撞到了一根柱子。

蟑螂晃了晃差點沒撞暈的腦袋，氣得想踢柱子一腳。還沒伸腳出去，就已經發現不對勁。「奇怪，這根柱子怎麼會有爪子？」抬頭一看，蟑螂大叫一聲：「哇！是波斯貓！」嚇得把老鼠大便隨便一扔，自顧逃命去了。

唉，這隻蟑螂眞是窮緊張。巴先生養的這隻波斯貓，從來便覺得自己高貴得很，根本不屑去抓什麼蟑螂。她甩甩尾巴，扭扭屁股，高雅的走來走去。走著走著，只覺得貓鬚怪怪的。「死蟑螂，討厭，」波斯貓停住腳步，嘟噥一句：「把什麼東西黏到人家鬍鬚上頭來了。」

一看，喔，原來是蟑螂隨手拋掉的那顆老鼠大便。

於是，波斯貓伸出爪子，在貓鬚上用力一彈，把老鼠大便彈走了。

巴先生上床睡覺前，忘了把古物收藏櫃的門關好。沒想到，波斯貓這麼使勁一彈，巧得不得了，老鼠大便一下子衝進櫃子裡，更巧的是，剛好就打在那片龜甲，而且是打在那個𧌒字。

老天爺，你說，這下子發生什麼事？

這顆浸過甘蔗汁沾過鹽巴染過月光又像球一樣被傳來傳去的老鼠大便，產生奇特的「化學反應」，像個「仙丹」似的，打在𧌒字，居然把他打「醒」，把他從龜甲上頭打了下來。

「噗」一聲，𧌒落到櫃子的層板上。他伸伸翅膀，眨了眨眼，第一個疑問便是：「咦，我怎麼掉下來了？」

□爬上龜甲，想按照原來的姿勢在原先的地方趴好，可是怎麼擠就是擠不進去。

擠不進龜甲，□可傷腦筋了。他好生納悶：我不是一個字嗎？不是得待在那片龜甲上頭嗎？爲什麼變活了，還掉到龜甲外面？這到底是怎麼一回事？

想也是白想。□還沒變活以前，根本沒看過巴先生的實驗，以及那顆老鼠大便的「神奇之旅」，他哪曉得那麼多。

不管變成的是文字蟋蟀，或是圖畫蟋蟀，□只知道，既然已經變活，就得好好的唱一唱歌。當然，□天性清楚，蟋蟀該唱的歌，不外就是那嘰嘰嘰、嘰嘰嘰的歌了。

「好嘛，」□跟自己說：「反正事情想不透，不如唱個歌來解解悶！」於是，他準備嘰嘰嘰、嘰嘰嘰的放聲大唱。

奇怪的是，鼀一唱出的卻是：「嘎嘎嘎、嘎嘎嘎……」

咦，這不是鴨叫聲嗎？一隻蟋蟀怎麼會唱出鴨叫聲？

再試一次看看！

哪曉得唱出的，又是嘎嘎嘎、嘎嘎嘎……

鼀眼睛睜得大大的，簡直嚇壞了。「怎麼會這樣？」他忍不住問道，這下子可更迷惑了。

是啊，爲什麼會這樣呢？或許你也在疑問。說起來，還不是得怪那顆老鼠大便——它起了「化學反應」，反應過了頭，一打在鼀身上，把他原本可以擁有的「嘰嘰叫」鳴唱能力打成只會像鴨子一樣「嘎嘎叫」。這個原因，你說鼀怎麼會知道？

〓想不通緣故，可他的鴨叫聲卻引來了波斯貓。

波斯貓甩著尾巴，扭著屁股，高雅的走來。她嗅嗅眼前的〓，直直的盯著他瞧，心裡老大奇怪著。

〓愣了愣，不禁對波斯貓說道：「喂，妳幹麼這樣看人家？」

一聽到〓開口，波斯貓的眼球突然張得比月球還大。她聳起背脊，滿嘴唏哩呼嚕，然後迸出一句：「哇，這不是一個字嗎？它居然會說話？怪物，我遇見怪物了！」說完，趕緊掉頭躲到沙發底下，渾身發抖，也不管姿態是不是高雅。

「妳才是怪物啦！」〓嘟著嘴說：「妳是一隻貓，又怎麼會說話？」

SWA
CAT
POFF
嘎嘎嘎!
JUMP JUMP JUMP JUMP JUMP

被人家說成怪物，蟋當然不高興。正當蟋悶悶不樂，這時，原先逃命逃掉的那隻蟑螂忽然跑來問候：「哇塞，你一定是我的遠房變種表哥。瞧你身體，怎麼變種變得這個樣子？遠房變種表哥，不管你打哪兒來的，很高興在這裡見到你就是了。」接著，蟑螂主動去握蟋的手，握個不停。

蟋傻住了。這蟑螂是不是有毛病？他甩開蟑螂的手，說：「你這隻蟑螂，別在半路認親戚，行不行？我不是你什麼遠房變種表哥。我是隻蟋蟀，一隻活文字蟋蟀。」

這下，輪到蟑螂傻住了。「什麼？你說你是一隻蟋蟀，一隻活文字蟋蟀，而不是我的遠房變種表哥？」蟑螂詫異的問。

「一點也沒錯。」蟋答道。

蟑螂想了一下，突然大笑起來：「那你一定是一隻遠房變種蟋蟀！哈哈哈，你剛剛的叫聲，我全聽見了，嘎嘎嘎、嘎嘎嘎的。我原先以爲，只有遠房變種表哥才會那麼叫，沒想到居然是一隻遠房變種蟋蟀在叫。哈哈哈，笑死任何一隻蟑螂……」

蛐難爲情的說：「我不知道自己爲什麼會那樣叫。」

「老天爺，這隻遠房變種蟋蟀竟還不知道自己爲什麼會那樣叫，這不是更可笑？」蟑螂還在笑，笑得挺不直腰，「你到外頭的公園草地，去聽聽看那些正統蟋蟀是怎麼叫的？人家都是嘰嘰嘰，哪像你嘎嘎嘎的。哈哈哈，憑你這種叫聲，以後怎麼在世界上混？哈哈哈，這種事情眞的好可笑……」

蛐難過極了，覺得一點也不好笑。

可蟑螂卻還是在笑，笑個沒完沒了。他抱著肚子，笑得在地上滾，笑得嘴巴裂得比水壩還寬——突然，聲音停止，蟑螂不笑了。

發生了什麼事？[illegible]趕快上前看看。「什麼？」[illegible]大吃一驚：「這隻蟑螂笑死掉了？」

[illegible]的心情瞬間跌到谷底。他不停的反問自己：「我的叫聲眞的有這麼好笑嗎？居然能夠把一隻蟑螂活活笑死掉！」

[illegible]爲蟑螂難過，更爲自己感到悲哀。他不禁想，自己眞的是個怪胎嗎？他會一直被人家這樣當成笑話嗎？他該怎麼做呢？一時之間不知該怎麼辦才好，他不由得迷惘起來了。

是的，秋想到了。

秋想到，蟑螂笑死掉之前，曾經提過屋子外頭有個公園，那邊也有蟋蟀。那麼，爲何不去找他們呢？同樣都是蟋蟀，或許他們會樂意接納他。

一想到這裡，秋迫不及待的鑽出門縫，從屋裡溜到夜裡的街道。沒多久，他滿懷期盼的來到公園。

公園的草地上果然住著一群蟋蟀，而且都嘰嘰嘰、嘰嘰嘰的在唱著歌。

多好聽的歌聲呀！秋忍不住想跟大夥合唱，於是熱情而主動的跑向前，也跟著大夥唱將起來——只不過，他唱出的聲音是嘎嘎嘎、嘎嘎嘎……

嘰嘰嘰
ㄐ?

蟋蟀唱歌本來都唱得很起勁，渾然忘我，一聽到奇怪的叫聲，這會兒，免不了都轉頭去看。不瞧不打緊，這一瞧見蟲的模樣，這群蟋蟀原先那好聽的「嘰嘰嘰」，一下子變成「咦咦咦」，然後變成「呀呀呀」，最後完全走調，成了「哇哇哇」……「我們的媽咪呀！蟋蟀的『魔鬼終結者』來了，大家快閃哪！」所有蟋蟀大叫一聲，各自抱頭竄進自己的窩裡，緊掩門戶，不敢再出來。頓時，公園變得冷冷清清的。

蟲好傷心，好難受。他又再一次失落了。

他跳到公園的椅子上，孤零零的趴在那裡。月光遍地灑著，一陣夜風吹了過來，吹得落葉沙沙作響。

一隻活文字蟋蟀，只會嘎嘎叫，既回不了龜甲，又無法取得

人家認同，被人家接受當朋友。那麼，這樣一隻活文字蟋蟀活在世界上，究竟還有什麼意義和價值？又怎麼有勇氣活得下去？

一想到這些，[illegible]簡直快絕望了。

是的，[illegible]就快要絕望，不再對自己抱持任何夢想。然而，也就是這時候，[illegible]看到一個夢走過來——一點都沒錯，他居然清清楚楚的看見一個夢走了過來。

這個夢流著口水，不懷好意的對[illegible]說：「嘿嘿嘿，我主人做了我這個山珍海味的夢，一桌桌豐盛的酒菜。正巧，桌上還缺一道炸蟋蟀。看你這個樣子，雖然瘦巴巴奇奇怪怪的，一旦拿去炸，滋味應該也不錯。有沒有興趣當個炸蟋蟀啊？來吧，來我這個夢裡，我會讓你變成炸蟋蟀……」

什麼？炸蟋蟀？一聽這個夢要拐他去炸，蝵一下子慌張起來，翅膀一展，就從公園的椅子上逃走了。

他繞過好幾處街角，躲在一條幽暗的巷子。

「好險，好險，」蝵喘著氣說：「差點兒就變成炸蟋蟀……」

歇息夠了，疑問也來了。「爲什麼我看得到人家的夢呢？難道說，我眞的是一隻遠房變種蟋蟀？」蝵不解的說。

這究竟是怎麼回事？其實，若能把事情的來龍去脈弄清楚，就不會這麼困惑了。原來，那顆起了過度「化學反應」的老鼠大便，眞的很像一顆「仙丹」，當它打在蝵的身上，竟也灌注了他一種能力。這個能力即是：只要蝵感受到絕望，不再對自己

抱持夢想，他就能夠看見人家的夢。

但是這些，貘怎麼可能會知道呢？

還在納悶，此刻，貘又看到另一個夢走來。那是個努力想減肥的夢……

緊接著，是個想養七彩鳥的夢……

想淋流星雨的夢……

想偷吃餅乾的夢……

想當偉人的夢……

想把弟弟壓歲錢統統騙過來的夢……

這些夢形形色色，千奇百怪，吸引了貘的注意。「哇，好多夢！」貘看得眼花撩亂，驚訝的說，方才那些不如意的情緒，一時都擱到一邊去。

像皮球般彈彈跳跳的夢……

得了夢遊症的夢……

被媽媽的夢追著打的小孩的夢……

忽然，有個夢教龝眼睛爲之一亮。那是個頭上長滿彈簧的夢，它一路走來，四處環顧，像是在找什麼東西。

龝忍不住好奇，開口便問：「你這個夢長相好奇怪，究竟是個什麼夢？你又在找什麼東西呢？」

這個夢回答說：「我之所以長得奇怪，乃因爲我是個兒童文學家的夢。瞧，我整天被主人拿來想如何寫文章，使用過度，腦袋自然就蹦出彈簧來。至於我在找什麼東西，說了你也不清楚，

那就別說吧。」望了[illegible]一眼，不禁也問道：「你的長相更奇怪，那麼你又是誰呢？」

[illegible]說：「我叫做[illegible]，本來是個字，待在一片龜甲上頭，不知怎麼回事，突然掉到龜甲外面，而且還變成一隻活生生的文字蟋蟀……」娓娓道來，把事情經過大致又講一遍。

話還沒說完，只見這個兒童文學家的夢迫不及待的問：「你說，你是一隻文字蟋蟀，而且還會像鴨子般叫？」

「是啊……」[illegible]有點羞赧。

「那麼，快叫給我聽！」兒童文學家的夢催促著。

「什麼？叫給你聽？我剛不說過，有隻蟑螂聽過我叫之後，一下子就笑死掉了。我怕你會像他一樣……」

「別囉嗦，快，快叫給我聽，求求你！」

拗不過人家哀求，蝵只好很難爲情的叫了幾聲：「嘎嘎嘎、嘎嘎嘎……」

兒童文學家的夢聽完之後，果眞哈哈大笑起來。蝵非常的緊張，生怕發生什麼事情。出乎意料的是，這個兒童文學家的夢不但沒有笑死掉，而且一邊笑還一邊說：「哈哈哈，我找到了，我找到我想找的東西了——一種特別的聲音——你知道不一樣的聲音在兒童文學裡有多重要嗎？我一定要督促我的主人，爲這個聲音寫篇童話。童話篇名，不妨就取做〈蟋蟀蝵（ㄑㄧㄡ）之歌〉。哈哈，就是這樣，就是這樣……」一邊說著，一邊興奮的趕快回去找它主人。

〓整個傻住了。這是多麼奇怪的事情！想不到，原來他認爲不搭調的那鴨叫聲，在別人的夢裡，竟像寶貝似的。而且，那個夢還說要督促它主人爲這聲音寫篇童話，這就更令〓覺得鮮奇了。

「希望這篇童話有個好結局。」〓寄予深深的期盼，說：「因爲這鴨叫聲的主人，其實到現在都還找不到什麼好去路呢！」想到先前發生的種種，一時不禁悵然。

正當〓感喟之際，忽然有個另外的夢飄了過來，說：「孩子，沒地方去，不如就來我這個夢裡吧？」

什麼？去這夢裡？會不會又是拐他去當炸蟋蟀？望了一眼，只見這個夢顏色古樸，笑容和藹，不像個壞心眼的夢。但是小心一點總是好。蝵於是問道；「我爲什麼要到你這個夢裡去？你這個夢有什麼好玩的？」

夢笑了：「好玩得很呢！一旦你進來，你就不會再介意自己的嘎嘎叫聲。而且，裡面也沒有誰會錯認你是怪物或魔鬼終結者，更沒有蟑螂會因你的叫聲而笑死掉。」

夢的這些話把蝵唬得一愣一愣的。蝵驚訝的說：「我的事，你居然全知道。你到底是個什麼夢？」

夢笑得更慈祥了：「想知道我是個什麼夢，就進來我內裡吧。進來之後，你自然會明白。願意嗎？」

蝵遲疑了一下，然後篤定的點點頭。

於是，這個夢爲蝵緩緩的打開了自己的古老的大門。霎

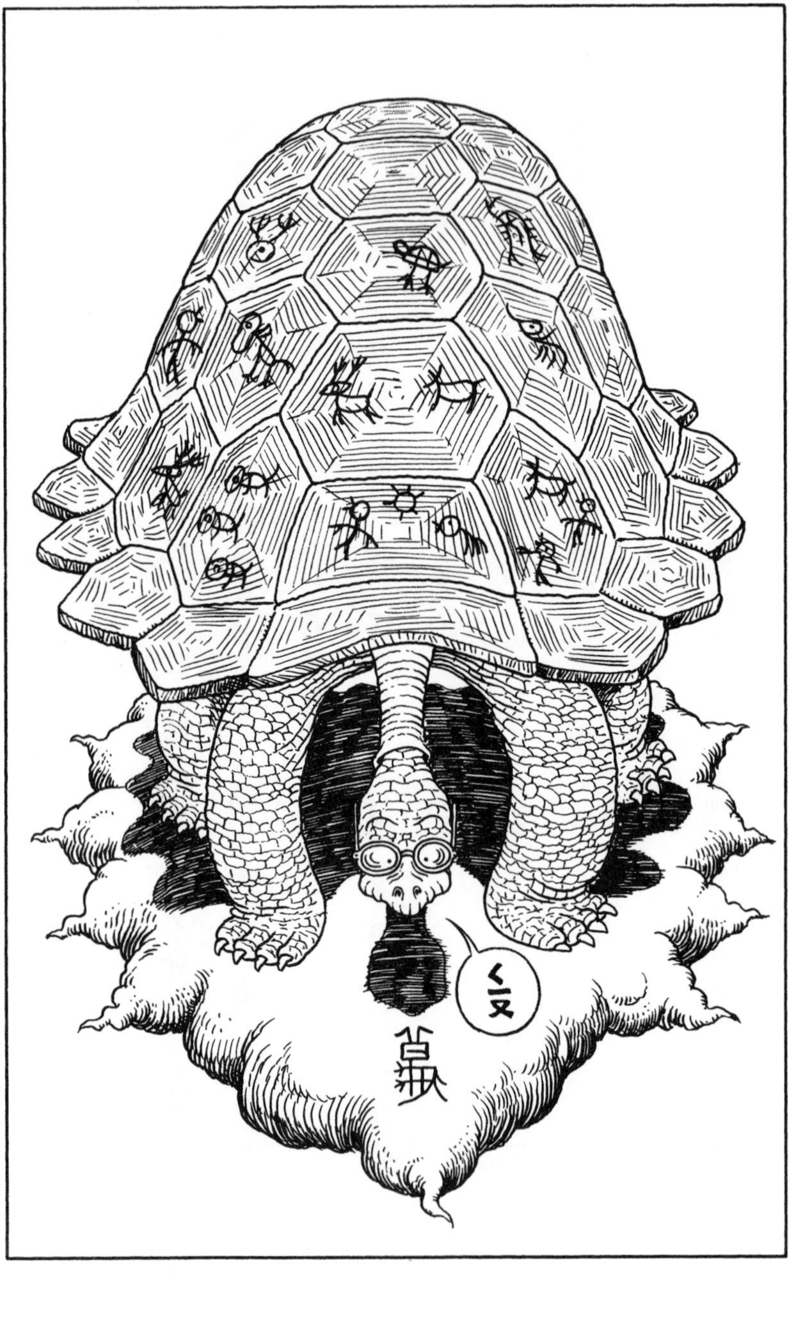

ㄑㄡ

時，一片金黃色的草原在夢裡無盡的鋪展，古老的時間，古老的空氣，古老的河水……

恍如作夢似的走進這個古老的夢。他看到了以前從無法想像的情景……那是什麼？老天爺，那是……

像狗一樣汪汪叫的活文字馬：；

像老鼠一樣吱吱叫的活文字鹿：；

像貓一樣喵喵叫的活文字豬：；

像牛一樣哞哞叫的活文字兔：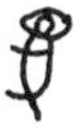；

像羊一樣咩咩叫的活文字燕子：；

像雞一樣咕咕叫的活文字龜：……

他們叫的雖然都不是自己天生原有的叫聲，可叫聲都很快

活。他們在金黃色的草原相互追逐、嬉鬧，無憂無慮。

「哇！這個夢簡直就是座『古代活文字動物園』嘛！」[illegible]說。他高興得不得了，翅膀一揮就飛騰起來，歡歡喜喜的加入草原上的族群。那些活文字動物也都歡呼著，熱情的歡迎[illegible]的到來。

對於一隻只會像鴨子一樣嘎嘎叫的活文字蟋蟀來說，顯然這裡就是最佳的歸宿。於是[illegible]決定住在這個夢裡，再也不離開。

這個古老的夢笑著說：「生命的誕生，有時的確是很意外，但生命意義的肯定，卻完全在於自己。更重要的是，生命總見得到夢想，不會沒有去處。就算是再奇特的生命，他也應該認清自己的價值，並且好好的活下去。孩子，你說是不是？」

□「嘎嘎」叫了兩聲，表示同意。然後，□索性在夢裡「嘎嘎」的放聲唱起歌來。他再也不會爲自己的叫聲感覺難堪了。

這古老的夢笑得更開心了。就這樣，它收容了□，讓□和自己合爲一體。不久，它也回到主人那裡。

也許你會問說，這個夢的主人到底是誰？

對的，一點都沒錯，正是那個化學家兼古物收藏家同時也是古文字學家的巴先生。

有著這樣一個不平凡的夢，這下子，巴先生睡得更甜更熟了！

蝗

蟲一族

捷克小說家米蘭・昆德拉說：「人類一思考，上帝就發笑。」

——《笑忘書》

昆蟲哲學家米蟲・睏得拉則說：「蝗蟲一思考，人類會比上帝笑得更厲害呢！」

——《兒童版笑忘書》

有一族蝗蝗蝗蝗蝗蝗蝗蝗蝗蝗——親愛的讀者，抱歉，插一下話：我之所以寫這麼多「蝗」，並非口吃，也不是想多騙點稿費，而是爲了藝術表現才這麼做，相信您一定能了解——以下凡出現這種類似的情形，原因如上，我就不再重提了——倒是有個疑問，我一直很好奇，乾脆在這裡順便請教您，那就是：爲什麼蝗蟲那麼喜歡吃麥稈？——我曾經查過一些書，想找出答案，但找來找去，找到的説法都是同樣一句讓我猛打哈欠的話：「笨蛋！因爲蝗蟲肚子餓嘛！」——親愛的讀者，您肚子餓嗎？您是不是也跟蝗蟲一樣愛吃麥稈？老實説，比較好吃的可能是麥片——蝗蟲愛吃麥稈，這究竟是個什麼問題？昆蟲學問題？糧食局問題？還是無聊的問題？我老是搞不清楚——天哪！親愛的讀

者，您說我該不該打？我居然沒想到，這其實是個哲學問題啊！——哇，有人眞的想打我吔！說我這個人好囉嗦，廢話扯了老半天，到底要不要講故事？——別凶，別凶，親愛的讀者，我我我馬上就講故事了，您您您就耐煩些，一個字一個字慢慢地瞧吧！——蝗蝗蝗蝗蝗蝗蝗蝗蝗蟲窩在一片麥田裡。

這一家族蝗蟲喜歡喋喋不休的談論哲學問題，幾乎個個都是哲學家。

打從出生後，小蝗蟲康康便好佩服家族裡的那些大蝗蟲。因爲一聊起哲學問題，他們好像沒有什麼不知道。

這一天在麥田，蝗蟲又開起哲學討論會。康康很興奮，趕緊蹲在旁邊乖乖聽著，可不曉得他們這次又要討論些什麼？

JUMP!

首先發言的，是康康的大舅公。

「我們都知道，哲學是一種生命思維的科學。哲學問題的討論，也是爲了讓生命活得更好。」大舅公說：「但生命是什麼？大家卻一直不太清楚。有誰願意說說他對生命的看法？」

說完，大舅公咬了一口麥稈。

「生命？」康康的六姨接口說：「生命不就是一種會動的東西嗎？」

說完，六姨也咬了一口麥稈。

康康的五叔立刻反駁：「照六姨這樣講，一顆在棒球賽裡被打出去的球不也會動？不也是有生命？一顆棒球有生命，這種說法不是很好笑嗎？」

儘管提出的是反對的意見，五叔仍不忘咬一口麥稈。

好傢伙，一開始就放馬過來了。六姨不服氣，冷笑一下，回話過去：「哈，那就要看大家認不認同我的定義。要是大家認同我的定義，告訴你吧，不只棒球有生命，就連籃球、網球、羽毛球、月球、地球……什麼什麼球的，也都是有生命！」然後，六姨狠狠的咬了它幾口麥稈。

五叔瞄了一眼，說：「那麼，六姨，我問妳，妳認爲自己是不是一個有生命的東西？」然後，五叔也狠狠的咬了它幾口麥稈。

六姨又冷笑了一聲，回說：「這還用問嗎？我是一隻大蝗

蟲，我當然有生命！可我不是個東西——我不是在罵自己——我的意思是說，我不是你所說的那種東西。」接著，「喀滋喀滋」的咬掉好長一截麥稈。

五叔哼哼兩聲，說：「如同妳所說，妳有生命，而且也不是個東西——我當然不是在罵妳——就因爲妳有生命，所以才能朝我冷笑，對不對？」五叔不甘示弱，「喀滋喀滋」的也咬掉一截更長的麥稈。

這下子，愛冷笑的六姨可笑不出來了。想不到五叔會拿她的冷笑來作文章，這其中一定大有問題，得小心應付才行。六姨應了一句：「是又怎麼樣？不是又怎樣？」想咬麥稈，卻差點咬到自己的手。原來，手裡拿的麥稈不知不覺的全啃光了。

五叔聽了，索性哈哈大笑起來：「這不就結了？六姨，妳瞧過哪顆棒球跟妳一樣會冷笑？棒球既然不會冷笑，由此可知它是沒有生命的！」說完，五叔得意的嚼起麥稈來了。

六姨氣得不得了，大聲回道：「誰說棒球不會冷笑？棒球要是被打得裂開，那裂開的嘴不就是在冷笑？」瞧瞧手裡沒有麥稈，不過癮，便對五叔說：「你等等，我去找一根長一點的麥稈來啃，待會兒再跟你好好討教討教！」於是動身就去找一根可以嚼得久一點的麥稈了。

康康一直乖乖的在聽，一句對話也沒漏掉。

他覺得五叔和六姨這兩隻大蝗蟲眞的好厲害！他們居然可以從「生命是什麼」這個問題開始談，談談談，談到最後居然變成

了在爭論一顆棒球會不會冷笑？

他聽得津津有味，好想再聽下去，滿心期待著六姨趕快回來。

然而這時，大舅公說話了。「討論會一開始，難得出現這麼熱烈的場面。」大舅公咬了一口麥稈，說：「關於棒球會不會像六姨那樣冷笑？我想，這是個公說公有理婆說婆有理的問題，討論個一百年也討論不出什麼結果——至於一百年後還有沒有人在玩棒球，這我就不知道了。」

大舅公老邁沉穩，咬著麥稈，又說：「不過，從剛剛的討論裡，我卻聯想到另一個有趣的哲學問題。那就是，棒球、籃球、網球、羽毛球……乃至於地球月球等等一切的物體，到底是什麼做的?它們因何而構成?追問到最根本，甚至可以問，這宇宙的所有東西，究竟是爲了什麼而存在?」

一聽大舅公的提問，康康忍不住驚叫起來:「大舅公，你好棒喔!這些問題都好正點!」

這些話讓大舅公覺得好高興。他直啃了好幾口麥稈，對康康說:「好孩子，難得你這麼用心在聽，問題就是要不斷的追索下去，才會得出眞正的道理。學著點，你以後也可以成爲一隻優秀的蝗蟲哲學家。」

康康受到了讚美，也覺得很高興。他笑著嗯了一聲，乖乖的又在一旁聽著。

康康一直有個夢想，總巴望自己長大以後，也能像這些大蝗

蟲一樣那麼會談哲學問題。因爲，談論哲學可以讓蝗蟲增加食慾，多啃一些麥稈。

可不是嗎？瞧，康康年紀小，不會談哲學，吃不了多少麥稈，個兒也就瘦巴巴的，毫不起眼。

果然，其他會談哲學的蝗蟲都一邊嚼著麥稈，一邊思考著大舅公所提出的問題。

「對呀，這些什麼什麼球的，到底是什麼做的？」

「一個物體，若不是由風啊火啊水啊土啊所構成的，那又會是什麼呢？」

「更讓蝗蟲想不透的，是那最根本的問題。這宇宙的一切物質，究竟是爲了什麼緣故而存在？」

大家議論紛紛，彼此談來談去，拿著麥稈嚼來嚼去。

就在大夥想不出道理時，忽然，康康的三十八孀興奮得大叫起來：「我知道了，我知道了。這棒球、籃球、月球、地球……所有的球，乃至於宇宙的一切萬物，說穿了，都是因爲我們蝗蟲而構成而存在的！」

由於這個發現來得太過突然，三十八孀興奮得咬都沒咬，就把整根麥稈吞進肚裡去。

三十八孀的話，當然還有她誇張的舉動，可把其他蝗蟲嚇壞了。他們咬著麥稈，全都想不出所以然來。

爲什麼這一切的物體都是因爲蝗蟲而構成而存在的呢？

大家更傷腦筋了！

於是，九姨、三十一姑、五十六叔、七十七表姑、八十四舅、一百零三表姨、一千一百一十六表表姨同時問道：「三十八嬸，快說，這其中究竟是什麼道理？」

三十八嬸滿面春風，解釋說：「一個物體之所以稱做物體，一定有它的內容和樣子。而它的內容和樣子，也應該可以被認知。」

「那又怎麼樣呢？」大夥咬著麥稈，疑惑的望著三十八嬸。

「因此，物體若想成爲物體，就得靠什麼什麼的去認知才行。」

「那又怎麼樣呢？」

「這能夠認知物體的什麼什麼的，便是我們蝗蟲啦。換句話說，能被我們蝗蟲所認知，物體的構成和存在才有它的意義和價值。」

「那到底又是怎麼樣呢？」大夥又問了一句。他們興致勃勃的品嘗著三十八蟠的推論，同時也品嘗著手裡的麥稈。

三十八蟠的興致也很高，也很想跟大夥一樣咬咬麥稈。可麥稈早就整根吞進肚裡，她正在哲學推理，一時無法分身去找新的麥稈。嘴癢得不得了，沒辦法，只好把自己的腳充當麥稈暫且來咬一咬。

三十八蟠咬了一下自己的腳。說道：「總歸一句，一切物體都是因爲蝗蟲而構成，也因爲蝗蟲而存在！」

好奇怪的推理過程和結論喔！大家嚼著麥稈，心裡都這麼

想。但是能把蝗蟲說得這麼偉大，大家其實也滿高興的。瞧，這個世界是因爲蝗蟲才成其爲世界的啊！

想不到這時候，康康的二叔公哭了起來。

心地善良的康康馬上對二叔公說：「二叔公，大家談哲學正談得起勁，你怎麼就哭了？是不是想到什麼傷心事？二叔公，別哭嘛！」

二叔公哭著對康康說：「孩子，我不是想到什麼傷心事，而是太感動才哭的。嗚嗚嗚，我活到了這麼大的歲數，也不知吃了幾畝麥稈，卻是頭一次聽到這麼可愛的道理。」擤一下鼻涕，又說：「三十八蟠的分析不但讓我感動，而且還讓我覺得好餓好餓喔！」

康康說：「那麼，我去給二叔公找些麥稈來！」
「孩子，別忙了。麥稈怎麼夠吃呢？我現在餓得簡直可以吃掉整棵大樹！」
一聽這話，康康嚇了一跳，趕緊問道：「二叔公，你眞的要去吃大樹？」
二叔公哭著點頭，說：「一點也沒錯，我現在就是要去吃大樹！」說完，便獨自去找大樹吃了。
好一個二叔公！
二叔公走了之後，大家連忙跟三十八嬸道賀，都說她才剛發現一個眞理。瞧，二叔公不正因此餓得只好去吃大樹？要不是眞理的話，二叔公怎麼會餓成這副德性？

當然啦，所有蝗蟲也都因爲這個眞理的發現，變得胃口大開，嚼麥稈嚼得更有勁。世界的這一切既然都是因爲蝗蟲而存在，不好好去品味品味，又怎麼對得起自己？

只不過，所有蝗蟲都覺得奇怪：三十八嬸這時走路爲什麼是一拐一拐的？

哦，原來剛剛三十八嬸沒有麥稈可以咬，只好咬自己的腳，咬著咬著，沒想到就把一隻腳吃掉了。

三十八嬸發現腳的味道居然還不錯，緊跟著又吃掉自己第二隻腳。等吃完第三隻腳，才感覺舒服些，也才停止吃。只剩三隻腳，三十八嬸這會兒走路當然是一拐一拐的。

「想不到爲了哲學討論，三十八嬸做了這麼大的犧牲。」所有蝗蟲知道了緣由，都感動地說：「幸虧她發現的是一個眞理。」

話剛說完，忽然有隻蝗蟲叫道：「這是哪門子的眞理？」

「喀滋」好響一聲，啃掉一段好長的麥稈！

所有的蝗蟲大吃一驚。他們全都轉頭過去看看是誰在說話？是誰這麼好膽量，敢反駁才剛發現的眞理？

康康也跟著大家轉頭。一看，他驚訝的叫起來：「哇塞，原來又是五叔！」

是的，正是「哲學問題反對專家」，小蝗蟲康康的五叔。

五叔說：「若說一切物體是因爲蝗蟲而構成而存在，那麼，

人類不也可以說一切物體是因爲他們而構成而存在？只因人類也具有認知能力！」斬釘截鐵的咬掉一段麥稈，又說：「依此推論，就連獅子、大象、老虎等等，不也可以說，一切物體都是因爲他們的緣故才成其爲物體？這種道理不是太含糊了嗎？」順手又換了一根麥稈來咬。

所有蝗蟲全都愣住了。

「是啊，五叔的話不錯啊，這種所有動物都能通的道理，的確是含糊了些……」大家仔細的想，嚼著麥稈說。

五叔毫不客氣的繼續說道：「再說，大部分的物體都會變化，例如水能結成冰，生米能夠煮成熟飯。物體的變化自有一定的法則，決不是蝗蟲所能左右。打個比方吧，雞蛋要是做成了蛋糕，蝗蟲還能讓蛋糕再變回雞蛋嗎？連小小的一樣蛋糕，蝗蟲都沒辦法讓它變回雞蛋，還說什麼一切萬物是因爲蝗蟲而構成而存在的？」

「是啊。雞蛋既做成了蛋糕，我們蝗蟲再厲害，也不能讓蛋糕再變回雞蛋哪！五叔說得對……」大家猛點頭，大口大口咬著麥稈，同意五叔的看法。

有的蝗蟲甚至說：「看來，我們剛剛都白搭了。三十八嬸白吃掉自己的三隻腳，二叔公也白去吃一棵大樹了……」

大家又是讚嘆，又是惋惜。

這時，只見四十六姑挺身而出，挑明的對五叔說：「六姨的話，你反對；三十八嬸的話，你也反對。依照我從『女蟲主義』

看來，五叔你簡直是個『大男蟲主義』，專門刁難我們母蝗蟲。這回，我偏要跟你證明，雞蛋做成蛋糕之後，那蛋糕還是可以變回雞蛋的！」說完，咬了一口麥稈。

四十六姑這些話著實把大家唬了一下。

所有蝗蟲屏氣凝神，都想聽聽四十六姑是怎麼一個證明法？難道她會魔術？居然可以把蛋糕變回雞蛋？

五叔回道：「妳說我是『大男蟲主義』，專門刁難母蝗蟲，那是妳的偏見。我是隻大蝗蟲，不只愛啃麥稈，同時也爲探索眞理而活。何況，眞理本來就超越性別。只要是眞理，何必分什麼『大男蟲主義』或『女蟲主義』？」咬了一口麥稈，又說：「四十六姑，妳倒說說看，蛋糕是怎麼變回雞蛋的？妳要是說得通，我一輩子服妳！」又咬了好幾口麥稈。

哇，老天爺，這可不像是在決鬥嗎？跟大夥一樣，小蝗蟲康康又是好奇又是緊張，全身都快冒出冷汗。他望著四十六姑，好想聽聽看她怎麼說？

四十六姑答腔了：「這雞蛋做成蛋糕，蛋糕又讓人吃了，消化了，變成大便拉出來。這大便呢，也就是肥料，撒在菜園子，滋養菜種子。這母雞嘛，在菜園裡東啄啄西啄啄，自然把菜種子啄進肚裡去，化成營養，而且還生出了雞蛋——你看，蛋糕不又變成了雞蛋？」說完，四十六姑為此得意的咬掉一大截麥稈。

咦，怎麼會是這種變回雞蛋的方法？跟大家一樣，康康也是滿懷疑問。

這五叔又要如何反駁四十六姑呢？

五叔把手裡剩下的麥稈全吞進肚裡，毫不猶豫的就回了一句：「照妳這種說法，我也可以說四十六姑妳會變成雞蛋！」

四十六姑瞪了一眼，問：「怎麼說？」

五叔吼了一聲：「因爲妳這隻母蝗蟲被人家抓去烤了嘛！」然後連珠炮似的滔滔不絕：「而且吃在人們肚裡消化了變成大便拉出來撒在菜園子滋養了菜種子再給母雞啄去吃了生出一個，雞——蛋！」

「哇，好個精采的五叔！」大夥一邊嚼著麥稈，一邊喝采，都覺得五叔講話這麼快，去演相聲一定很稱職。

康康也爲五叔高興著，因爲五叔的表現的確很傑出！

所有的蝗蟲就只四十六姑表情不太爽，光顧著自個兒咬麥稈，吭也不吭一聲。她簡直像隻鬥敗的公雞——哦，不對，應該説像是個鬥敗的雞蛋。

就在此刻，老遠便聽到一陣聲音在説：「四十六姑，看著點，我來幫妳對付五叔！」

來者究竟是誰呢？

哦，原來是六姨！

所有蝗蟲轉頭過去看。不看不打緊，這一看，所有蝗蟲的眼珠差點都跳出來，滾到喜瑪拉雅山再滾回來。

六姨幹了什麼事情？爲什麼讓大家的眼珠這麼吃驚？

不説你絕對不知道。

六姨早先爲了「棒球會不會冷笑」的哲學問題，跟五叔在辯論。由於手裡頭沒有麥稈好啃，談問題不過癮，所以暫時離開大夥，去找一根可以嚼久一點的麥稈。一去去了好久，也不曉得是去法國還是去加拿大？這下終於回來，六姨果眞也找到一根長長的麥稈。只是，只是這根麥稈也未免太長了些——哇塞，居然就有一根電線杆那麼長！

「哇！好長一根麥稈哪！」蝗蟲都驚叫起來，直愣愣的瞪著，都忘了該啃一下自己手裡的麥稈。

他們都在心裡愣愣的想，這根「電線杆麥稈」恐怕是世界上最長的一根麥稈吧？六姨是去哪裡找到的呢？難道是巨人國的超級大麥田？

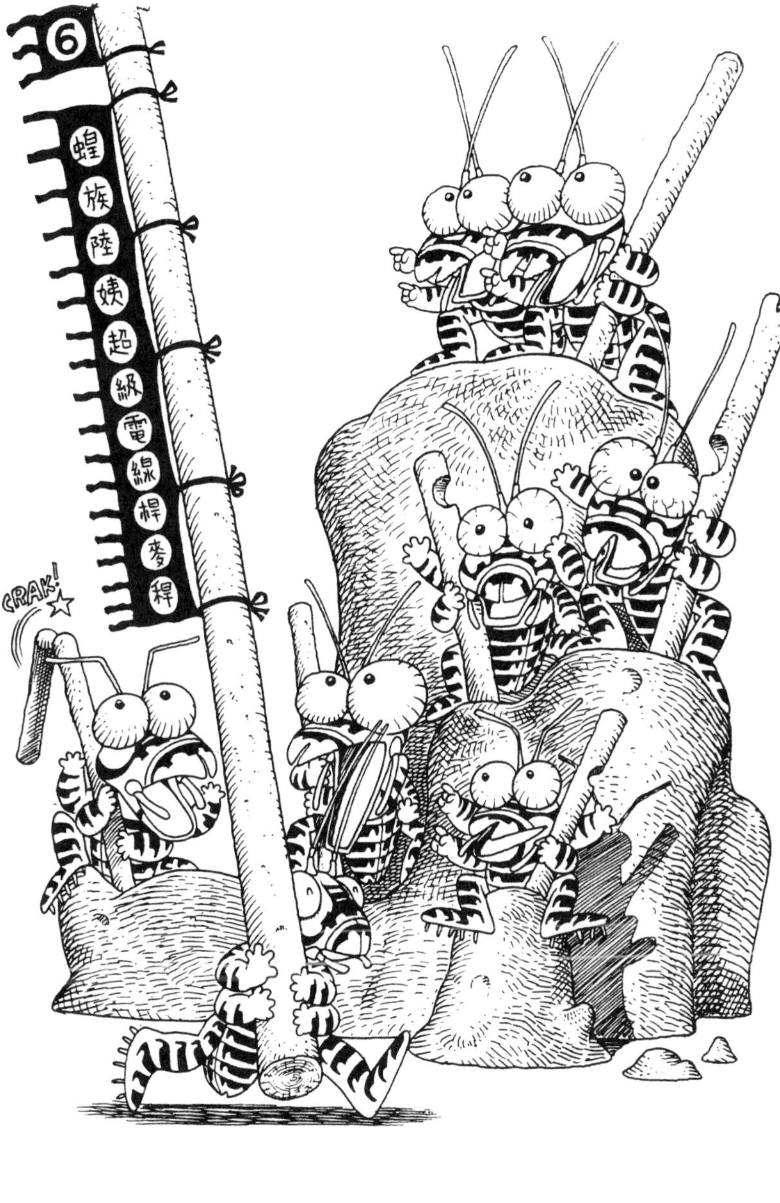
6
蝗族陸姨超級電線桿麥稈
CRAK!

六姨拖著「電線杆麥稈」，拖到了哲學討論會場。一路上，她一直在盤算著早先的「棒球」問題，沒想到一回來，只聽到五叔的話尾「雞——蛋」，也瞧見四十六姑被攻得毫無招架之力。原來，「棒球」的哲學問題已經變成「雞蛋」的哲學問題。

「沒關係，『雞蛋』的哲學問題，我六姨照樣能應付！」六姨大嘴一張，啃了一口「電線杆麥稈」，對五叔劈頭說道：「不管怎麼說啦，雞蛋跟棒球一樣，也是會冷笑的。雞蛋要是被砸開了，那砸開的嘴不就是在冷笑？那蛋白，不就是雞蛋冷笑時流出的口水？」

但是五叔傻愣愣的，沒理她。

說也奇怪，就連其他蝗蟲也都不理會六姨在說什麼。

他們全睜大了眼睛，死命盯著那根「電線杆麥稈」，覺得那根超級大麥稈比六姨的話還「新鮮」，都想嘗它那麼一口。

康康是第一隻清醒過來的蝗蟲。他搖了搖身邊的大舅公，說：「大舅公，大舅公，你別看傻眼了。我們還有哲學討論會沒開完呢！」

大舅公晃了晃眼，一時慌張：「欸——六姨說得沒錯，雞蛋不流口水，不叫做雞蛋。」馬上改口：「不對不對，應該是，蝗蟲看見『電線杆麥稈』，不流口水，就不叫蝗蟲。」

怎麼又說錯話了？

於是，大舅公狠狠的敲敲自己的腦袋，恢復正常的說：「大家注意，六姨帶回來的麥稈雖然很新奇，可是我們的哲學討論會

也不能不做個結束。」

大夥眨了眨眼，也都清醒過來，點頭同意大舅公的說法。

大舅公接著說：「很高興今天的會議圓滿成功。今天討論的內容牽涉很廣，舉凡生命本質的問題、如何認識物體的問題等等，都有提到，其中當然也不乏好玩又好笑的謬論。我要說的是，哲學問題的討論永遠沒有標準答案，重要的是思考的過程和嚴謹的推論。會議到了尾聲——」

大舅公的話還沒說完，只見蝗蟲堆裡走出一隻既嬌小又可愛又美麗又漂亮的母蝗蟲。

是康康的十三姨。

這十三姨，倒是有個關於她的故事可以說說：以前，有其他昆蟲看上她美若天仙的模樣，想找她拍電影。但是和十三姨談過話之後，其他昆蟲便打消念頭，還騙她說人類只喜歡烤蝗蟲，不愛看蝗蟲演電影。爲什麼會這樣呢？瞧瞧十三姨說話，你就會明白！

十三姨走了出來，對大舅公問道：「大大大大大舅公，」好傢伙，原來這麼美麗的蝗蟲，居然患了口吃，「我我我有個問問問題，想想想請教你。」

大舅公說：「可以呀，但是能不能請妳說快點？」

十三姨答應著，拚命想說快些：「好好好的。爲爲爲什麼人人人類只只只愛烤蝗蝗蝗蟲，不不不喜歡蝗蝗蝗蟲演電影？」

大舅公想了一下，說：「這個嘛，大概是天性吧。十三姨，

妳問這個幹什麼？」

十三姨害羞的答道：「因因因爲，人人人家想想想演關之琳！」

所有蝗蟲聽了，全都哈哈哈大笑起來。

原來，人類有部很出名的電影，叫做《武狀元黃飛鴻》，擔任女主角十三姨演出的正是關之琳。不過，現在可倒過來了。蝗蟲十三姨居然想去演人類關之琳，那麼，又得找哪隻蝗蟲「黃飛鴻」來演人類李連杰呢？

大舅公笑了笑，搖了搖頭。

顯然，十三姨的問題跟哲學無關。於是大舅公宣布討論會正式結束，然後就去找六姨。老實說，大舅公的眼睛一直忘不了六姨拖來的那根「電線杆麥稈」。

所有蝗蟲也都笑了笑，搖了搖頭，也都去找六姨。他們只覺得奇怪，爲什麼眼睛癢得不得了？這個問題，似乎只有六姨的那根「電線杆麥稈」才解決得了。

至於小蝗蟲康康呢？

康康從此以後，慢慢的長大了。

他後來果眞成爲一隻非常優秀的蝗蟲哲學家，胃口比誰都大，獨自便可吃掉一百斤麥稈。

康康還寫了很多哲學著作，例如《純粹不理性之批判》、《不純粹理性之批判》、《無所謂純粹不純粹之理性批判》（以

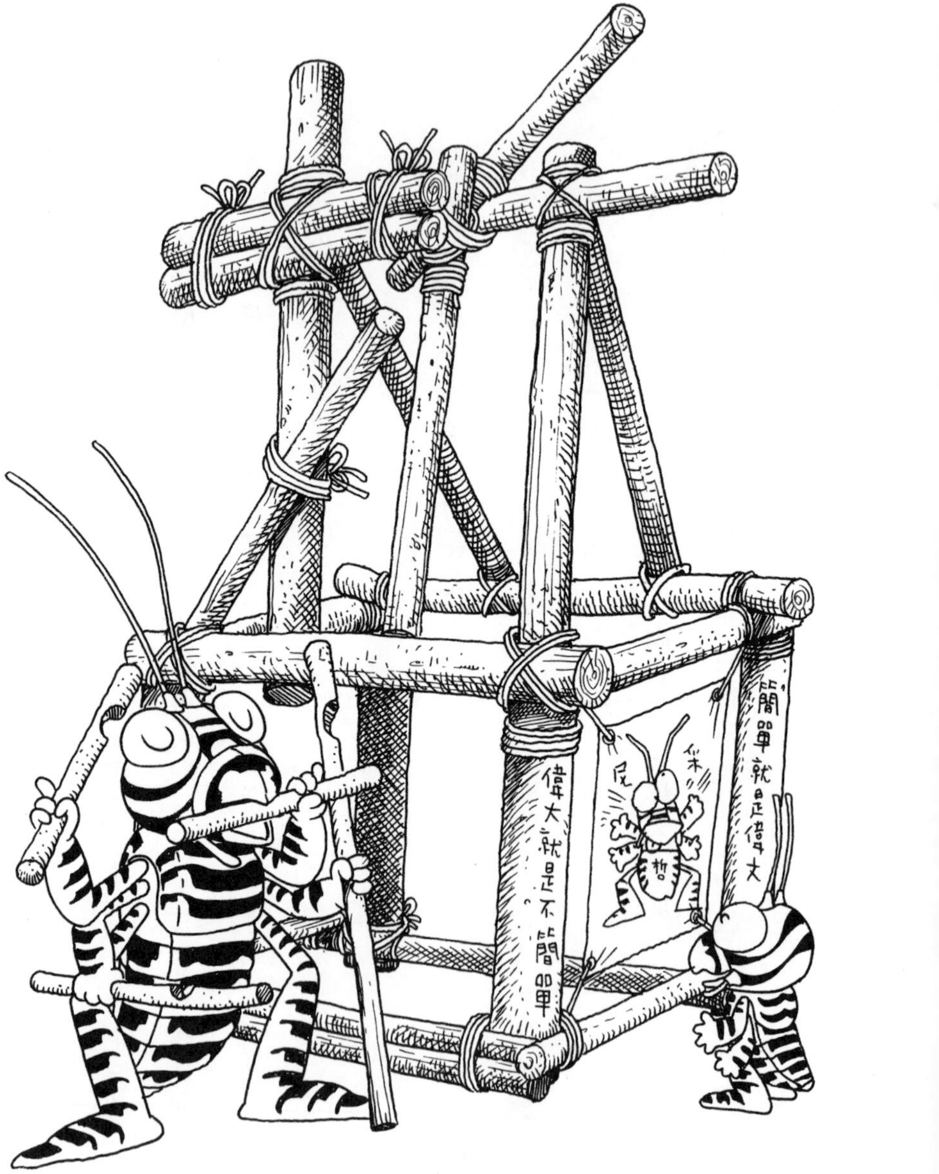
偉大就是不簡單
簡單就是偉大
哲

上合稱「蝗蟲哲學三大批判」）、《論「電線杆麥稈」和蝗蟲視覺的關係》、《棒球會不會冷笑？》、《六姨和五叔的哲學抬槓》、《二叔公到底吃完大樹沒？》……

這些著作中，最教蝗蟲感到難忘的，仍是一本哲學性的童話故事，叫做《有一族蝗蝗蝗蝗蝗蝗蝗蝗蝗蝗蝗蝗蝗蝗蝗蝗蝗蟲窩在一片麥田裡》。

當然啦，康康書名寫了這麼多「蝗」，純粹是爲了藝術表現，絕不是爲了騙稿費，更不是學他那個一輩子只想演關之琳的十三姨！

作家與作品

ㄗㄨㄛˋ ㄐㄧㄚ ㄩˇ ㄗㄨㄛˋ ㄆㄧㄣˇ

作者介紹

張嘉驊，一九六三年生。台灣大學中文系畢業，中正大學中文碩士，北京師範大學兒童文學博士。

曾任英文漢聲雜誌社編輯、民生報編輯、華視漫畫美語創意總監、浙江師範大學人文學院專任教師、空中大學兒童文學課程編撰委員、第十屆香港中文文學雙年獎港外評審、國語日報牧笛獎評審暨國語日報閱讀推廣活動講師等。

曾出版《怪物童話》、《蝗蟲一族》、《怪怪書怪怪讀》、《長了韻腳的馬》、《我愛藍樹林》、《海洋之書》等正體字版、簡體字版及韓文版童書共二十餘冊。

曾獲中華兒童文學獎等獎項共二十餘種。

曾於海內外各學術會議及刊物發表十多篇論文。

作品《夢穀子》曾選入翰林版國語課本。其他作品亦散見於各種選集。

作者手蹟

寫作是為了愛，同時也是為了存在！

張嘉驊

一九九七、六、二十三、

生活相本

小時候，很頑皮，經常把姊當馬騎。約三歲。

陪父親返鄉探親，經過江西省和廣東省交界時，下車留影。一九八九年。

喂，傻瓜相機，我們還沒擺好姿勢，怎麼你就拍了呢？眞是傻瓜！一九九三年。

生活相本

陽金公路之旅。一九八九年。

在誠品書店台北敦南店現「聲」説童話，大家笑得很開心。一九九六年十二月。

與桂文亞女士（右一）陪同大陸作家張之路先生（左一）、學者方衛平教授（右二）參觀信誼基金出版社，總編輯高明美女士（左二）熱情招待。一九九六年十二月。

我弟弟

張嘉玲

我弟弟張嘉驊，從小就有自己的主張，脾氣很ㄋㄧㄡˋ，誰都拗不過他。

可以跟父親鬧情緒，可以和我打架，可以和學校決裂……就是不改他自己的想法和作法。

對他，我只能搖搖頭，我是馴服不了他。還好，如今他成家立業，步入正軌，不是一條好龍，起碼也不是一條害蟲。

他對文學有濃厚興趣，走上兒童文學這條路是他的最愛，他可以為他的「最愛」看書、寫作、徹夜不眠，也沒聽他說「累」。不論他的作品及為人，只要跟他相處過的人，都會非常喜歡他，尤其是小孩。他非常幽默、風趣、善體人意，而且最可貴的是，他有很多新奇的點子及話語，常常出其不意被他的話逗得笑出眼淚、笑得東倒西歪、笑得整個人都變形。

張嘉驊不只現在出書，小時候就出過好幾本書了。作者是他，出版社也是他。為什麼呢？因為他小時候就很喜歡寫笑話集、武俠小說……自己裁紙，自己做封面，用針線自己一針一針縫成冊，寫上他的文章。家裡來了客人、親戚、朋友，不管是誰，也不害臊就端上他的大作，獻起寶來。害我替他羞得要死，差點鑽到地洞裡。

真的不知道二十年後，他會當上一名作家。

不知道當時懵懂不經意從石縫中迸出來的芽，如今會長成一片綠意盎然的文林。

早知道就不要笑他，早知道就多幫他縫幾本書，讓他專心寫作；留到現在才出書，相隔太久了。

那個老是說他跟我很像的人

林世仁

聽張嘉驊說他借用《山海經》裡的怪物寫成了《怪物童話》（民生報出版），我心中暗暗一驚，回家翻出自己的筆記本，果然發現上面草草記著一個句子：山海經掉進城裡，書裡的動物紛紛走出……

收到張嘉驊寄來的新書稿，才看了第一篇，我又傻眼了。蠹蟲吃書的點子不是曾在我腦海裡轉過一圈嗎？怎麼這回我連筆記本都還沒記上，他又早早寫好了呢？

以前張嘉驊老是一本正經地對我說：「其實，我們兩個是很像的。」

我總不信，這回可不得不信。看到蠹蟲先生吃掉十幾本書，「總共花了兩萬三千三百二十八分鐘」，同樣有數字癖的我也只能長嘆「二十三秒又三百二十八分之一秒」了！

（同時我還頓悟到：原來，童話靈感是會在不同的作者腦袋裡賽跑的！）

第一次看到「張嘉驊」這名字，是在公司出版的少年小說書頁上，他是我工作上的「編輯前輩」。

第二次注意到張嘉驊，是看到民生報上的童話「戎宣王尸」。這奇怪的篇名立刻讓我猜到：作者一定是讀中文系的！不然，怎麼敢隨便驚動《山海經》裡的怪獸？（只可惜那時沒警覺到他早已帶著全本《山海經》，

準備直闖童話的「淺語花園」呢！）

真正看到張嘉驊本人，是在桂姐的新書發表會上。視覺上的直覺反應是：哇，這人好大的個兒啊！

以後陸續和張嘉驊見了幾次面。每次他都神采飛揚，高談闊論我們這一代童話作者該有的自覺，害我吃的每一道菜、喝的每一口茶都沾上芥末般的「童話使命味兒」。可惜童話界沒有傳教士，否則我想他絕對能勝任。

經過幾次「精神講話」的洗禮，我很快就整理出他對童話界的「諍言」：

一曰「我們正在寫歷史！」套用革命術語，就是「童話尚未成功，同志仍須努力」，不過，他的語氣不單單是「仍須努力」，而是「凡我童話作者，都須拚命、拚命再拚命」，能寫絕不放棄，就算寫斷原子筆、敲壞電腦也在所不惜。

二曰要有「計畫寫作」，翻成胡適的語法，就是「要怎麼出書，先那麼計畫」。

第一件事講的是寫作的志氣，第二件事談的是寫作內容的規畫。兩件事都讓我覺得「此人不可小覷」。

怪的是，我後來發現這個有著「傳教士熱情」的童話作者，居然既直樸厚實，又愛滑稽搞笑！

剛收到《怪物童話》時，書後的作者照片嚇了我一大跳！這個頂著兩顆芒果耍寶的張嘉驊，會是茶座裡那個正襟危坐的張嘉驊嗎？

慢慢我才發現，他說笑話簡直有著「不可自制」的特異功能，而且

和他堅持創作理想的熱情幾乎並成雙峰。我想，這種「相反相成」的個性，就是他喜歡在逗笑的故事背後，暗藏嚴肅意義的原因吧！

（同時我又頓悟到：原來，創作也像電燈一樣，要有正、負兩極才容易激盪出火花呢。）

收在這本《蝗蟲一族——趣味昆蟲童話》書裡的故事，就是張嘉驊「計畫寫作」的一個示範。他給自己出了一個功課——以昆蟲為寫作素材。然後，很負責任地發揮了童話作者該有的想像力，讓讀者能在同樣主題下，讀出不同的趣味。其中，我最喜歡短短的〈蜉蝣新新的一天〉和長長的〈蟋蟀蝤（ㄑㄧㄡ）之歌〉。短篇見幽默，長篇有詩情。

以前我有個「偏見」，總覺得以張嘉驊的學歷背景，應該去走理論路線。不過，看完這幾篇故事，我的想法改變了。我希望他能先把腦袋裡短短長長的故事都寫出來，有空再去做評故事的人不遲。

當然，在他再出新書之前，我也得趕緊去「計畫寫作」了。我可不希望這個一直說跟我很像的人又把我們的「共同靈感」收進他的獨家新書裡去了！

插畫者敖幼祥說

畫了「怪叔叔」嘉驊寫的這本蟲蟲童話書之後，情不自禁的對蟲蟲的世界有了另一種觀點。

嗯，比如說能變身成一隻小螞蟻的話，那麼看到一只奶瓶，哇！它就像新光大樓那麼高。如果爬在一張八開大的白紙上，它就像走在白雪地上的感覺。蟲蟲的世界一定很容易滿足的，因為一粒掉在地上的白米就可以吃好幾頓哪！可是想到小螞蟻每天要從巢裡來來往往搬運比自己身體還重的食物，爬上爬下的繞過地板、天花板，經過牆壁，那遙遠的路程就像從總統府步行到陽明山，再馬不停蹄的走到土城……哇！天哪！那有多累呀！不要！我不要變身當螞蟻了！

敖幼祥自畫像

在昆蟲的世界裡，我不覺得有什麼好蟲與壞蟲，因為那是牠們生存的世界，何必用人類的價值來區分呢？

而我，只是一隻在漫畫世界裡爬了十七年的小螞蟻。

張嘉驊寫作年表

出版日期	內容	出版社	字數
一九八八年六月	木偶劇場（現代詩）	自費出版	
一九九三年十月	迷失的月光（童話）	省教育廳	一萬三千字
一九九五年十月	怪怪族與哈哈貓（押韻童話）	省教育廳	一千二百字
一九九六年九月	怪物童話（童話）	民生報社	三萬字
一九九七年四月	怪怪書怪怪讀1（兒童散文）	文經出版社	三萬五千字
七月	蝗蟲一族——趣味昆蟲童話（童話）	民生報社	四萬字
十一月	怪怪書怪怪讀2	文經出版社	三萬五千字
一九九八年三月	恐龍阿瓜和他的大尾巴（童話）	民生報社	三萬五千字
六月	哈啦巴啦怪物節（童話）	天衛文化	三萬五千字
一九九九年八月	風島飛起來了（兒童散文）	天衛文化	三萬七千字
	長了韻腳的馬（押韻童話）	國語日報社	三萬五千字
十月	我愛藍樹林（童話）	國語日報社	一萬二千字
二〇〇〇年一月	怪怪書怪怪讀3	文經出版社	三萬字
六月	宇宙大人（科幻小說）	幼獅文化	五萬字

二〇〇三年二月	海洋之書（奇幻小說）	幼獅文化	八萬字
二〇〇六年九月	怪怪書怪怪讀（童話，一二三集選輯，簡體字版）	二十一世紀出版社	六萬字
二〇〇六年九月	蝗蟲一族（童話，簡體字版）	二十一世紀出版社	四萬字
二〇〇六年九月	恐龍阿瓜和他的大尾巴（童話，簡體字版）	二十一世紀出版社	三萬五千字
二〇〇六年十月	我愛藍樹林（童話，韓文版）	四季出版社	一萬二千字
二〇〇八年三月	哈啦巴啦怪物節（童話，韓文版）	四季出版社	三萬五千字
二〇〇九年九月	都怪達爾文？——當眞眞面對她的偶像（圖畫書）	國立臺灣師範大學	四千字

得獎紀錄

日期	內容	獎項
一九八五年四月	傾斜的圖騰（現代詩）	陸軍文藝金獅獎短詩組第一名
十月	黃花（現代詩）	國軍文藝金像獎長詩組第一名
一九八六年四月	軍旅散記（現代詩）	陸軍文藝金獅獎短詩組第一名
十月	靈魂造像（現代詩）	國軍文藝金像獎短詩組第二名
一九八八年六月	我坐在紅色屋頂上（童詩）	民生報童詩獎
一九九〇年十一月	你肚子裡有沒有屈原？（童詩）	第十七屆洪建全兒童文學獎童詩組首獎
	小精靈諾諾（童話）	第十七屆洪建全兒童文學獎童話組首獎
一九九一年四月	灰鯨王子（少年小說）	台灣省教育廳少年小說獎佳作
一九九三年十月	火獸（童話）	第二屆佛光文學獎兒童故事組第一名
一九九四年二月	迷失的月光（童話）	第十六梯次「好書大家讀」推薦
一九九五年十月	怪怪族與哈哈貓（童話）	第二十二梯次「好書大家讀」推薦
一九九六年十一月	風島飛起來了（兒童散文）	第四屆陳國政兒童文學獎兒童散文類優選獎

一九九七年二月	怪物童話（童話）	第二十六梯次「好書大家讀」推薦 聯合報「讀書人」周報每週新書金榜 中國時報「開卷」周報一週好書榜 行政院新聞局第十五次推介中小學優良課外讀物
六月	怪怪書怪怪讀1	一九九七年「好書大家讀」年度最佳少年兒童讀物
十月	蝗蟲一族——趣味昆蟲童話	第二十八梯次「好書大家讀」推薦 中國時報「開卷」一週好書榜
一九九八年十月	哈啦巴啦怪物節（童話）	第三十一梯次「好書大家讀」推薦
一九九九年十月	我愛藍樹林（童話）	第三屆國語日報兒童文學牧笛獎優等
	長了韻腳的馬（童話）	第三十四梯次「好書大家讀」推薦
二〇〇〇年十月	宇宙大人（科幻小說）	第三十七梯次「好書大家讀」推薦
十一月	長了韻腳的馬（童話）	二〇〇〇年第十三屆中華兒童文學獎
	我愛藍樹林（童話）	
	風島飛起來了（兒童散文）	
	宇宙大人（科幻小說）	
	怪怪書怪怪讀3	

童話館
蝗蟲一族：趣味昆蟲童話

2010年12月初版　　定價：新臺幣250元

著者　張嘉驊
繪圖　敖幼祥
發行人　林載爵
叢書主編　黃惠鈴

出版者　聯經出版事業股份有限公司
地址　台北市基隆路一段180號4樓
編輯部地址　台北市基隆路一段180號4樓
叢書主編電話　(02)87876242轉213
台北忠孝門市：台北市忠孝東路四段561號1樓
電話：(02)27683708
台北新生門市：台北市新生南路三段94號
電話：(02)23620308
台中分公司：台中市健行路321號
暨門市電話：(04)22371234ext.5
高雄辦事處：高雄市成功一路363號2樓
電話：(07)2211234ext.5
郵政劃撥帳戶第0100559-3號
郵撥電話：27683708
印刷者　世和印製企業有限公司
總經銷　聯合發行股份有限公司
發行所：台北縣新店市寶橋路235巷6弄6號2樓
電話：(02)29178022

行政院新聞局出版事業登記證局版臺業字第0130號

本書如有缺頁，破損，倒裝請寄回聯經忠孝門市更換。　ISBN 978-957-08-3725-4 (平裝)
聯經網址：www.linkingbooks.com.tw
電子信箱：linking@udngroup.com

國家圖書館出版品預行編目資料

蝗蟲一族：趣味昆蟲童話/張嘉驊著．
敖幼祥繪圖．初版．臺北市．聯經．2010年
12月（民99年）．232面．14.8×21公分
（童話館）

ISBN 978-957-08-3725-4（平裝）

859.6 990239566